GRöLS Verlage

„Bücher sind wie Fallschirme. Sie nützen uns nichts, wenn wir sie nicht öffnen."

Gröls Verlag

Redaktionelle Hinweise und Impressum

Das vorliegende Werk wurde zugunsten der Authentizität sehr zurückhaltend bearbeitet. So wurden etwa ursprüngliche Rechtschreibfehler regelmäßig *nicht* behoben, denn kleine Unvollkommenheiten machen das Buch – wie im Übrigen den Menschen – erst authentisch. Mitunter wurden jedoch zum Beispiel Absätze behutsam neu getrennt, um den Lesefluss zu erleichtern.

Um die Texte zu rekonstruieren, werden antiquarische Bücher von Lesegeräten gescannt und dann durch eine Software lesbar gemacht. Der so entstandene Text wird von Menschen gegengelesen und korrigiert – hierbei treten auch Fehler auf. Wenn Sie ebenfalls antiquarische Texte einreichen möchten, finden Sie weitere Informationen auf www.groels.de

Viel Freude bei der Lektüre wünscht Ihnen das Team des Gröls-Verlags.

Adressen

Verleger: Hermann-Josef Gröls,

Im Borngrund 26, 61440 Oberursel

Externer Dienstleister für Distribution & Herstellung:

BoD, In de Tarpen 42, 22848 Norderstedt

Unsere „Edition | Werke der Weltliteratur“ hat den Anspruch, eine der größten und vollständigsten Sammlungen klassischer Literatur in deutscher Sprache zu werden. Nach und nach versammeln wir hier nicht nur die „üblichen Verdächtigen“ von Goethe bis Schiller, sondern auch Kleinode der vergangenen Jahrhunderte, die – zu Unrecht – drohen, in Vergessenheit zu geraten. Wir kultivieren und kuratieren damit einen der wertvollsten Bereiche der abendländischen Kultur. Kleine Auswahl:

Francis Bacon • Neues Organon • **Balzac** • Glanz und Elend der Kurtisanen • **Joachim H. Campe** • Robinson der Jüngere • **Dante Alighieri** • Die Göttliche Komödie • **Daniel Defoe** • Robinson Crusoe • **Charles Dickens** • Oliver Twist • **Denis Diderot** • Jacques der Fatalist • **Fjodor Dostojewski** • Schuld und Sühne • **Arthur Conan Doyle** • Der Hund von Baskerville • **Marie von Ebner-Eschenbach** • Das Gemeindekind • **Elisabeth von Österreich** • Das Poetische Tagebuch • **Friedrich Engels** • Die Lage der arbeitenden Klasse • **Ludwig Feuerbach** • Das Wesen des Christentums • **Johann G. Fichte** • Reden an die deutsche Nation • **Fitzgerald** • Zärtlich ist die Nacht • **Flaubert** • Madame Bovary • **Gorch Fock** • Seefahrt ist not! • **Theodor Fontane** • Effi Briest • **Robert Musil** • Über die Dummheit • **Edgar Wallace** • Der Frosch mit der Maske • **Jakob Wassermann** • Der Fall Maurizius • **Oscar Wilde** • Das Bildnis des Dorian Grey • **Émile Zola** • Germinal • **Stefan Zweig** • Schachnovelle • **Hugo von Hofmannsthal** • Der Tor und der Tod • **Anton Tschechow** • Ein Heiratsantrag • **Arthur Schnitzler** • Reigen • **Friedrich Schiller** • Kabale und Liebe • **Nicolo Machiavelli** • Der Fürst • **Gotthold E. Lessing** • Nathan der Weise • **Augustinus** • Die Bekenntnisse des heiligen Augustinus • **Marcus Aurelius** • Selbstbetrachtungen • **Charles Baudelaire** • Die Blumen des Bösen • **Harriett Stowe** • Onkel Toms Hütte • **Walter Benjamin** • Deutsche Menschen • **Hugo Bettauer** • Die Stadt ohne Juden • **Lewis Caroll** • *und viele mehr....*

Inhalt

Der Frauenmörder

Hugo Bettauer

Die Müller, Möller, Jensen und Pfeiffer

"Lieber Krause, Sie müssen Klarheit in die Sache bringen! Nur läppischer Zufall? Ne, das glaube ich nicht und Sie glauben es auch nicht, soweit ich aus Ihrem wieder einmal total versteinerten Gesicht lesen kann! Innerhalb von sechs Wochen verschwinden unter Hinterlassung ihrer Habseligkeiten vier Mädchen, alle zwischen zweiundzwanzig und sechsundzwanzig Jahren, alle vier heiratstoll und mit je einem fragwürdigen Bräutigam behaftet — ne, lieber Krause, da liegt kein dämlicher Zufall vor, sondern ein Verbrechen!

Und dem müssen wir auf die Spur kommen."

Krause sah den Chef der Berliner Kriminalpolizei, Dr. Clusius, aus wasserhellen, verschlafenen, müden und leblosen Augen bewegungslos an und sagte, während es nervös um seine dünnen, blutleeren, bartlosen Lippen zuckte:

"Herr Doktor sind sehr aufgeregt! Und das ist nicht gut, denn wenn Herr Doktor aufgeregt sind, gelingt es Ihnen nicht, mir ein klares Bild zu geben. Darf ich also bitten, mir nun in aller Ruhe zu sagen, was Herrn Doktor zu der Annahme gebracht hat, daß ein grauenhafter Unhold sein Wesen treibt und Mädchen verschleppt?"

Die Schmisse im runden Gesicht des hohen Kriminalbeamten färbten sich rot, weil er aus den Worten des Krause eine leise Ironie herauszuhören glaubte. Er strich sich hastig durch die schütteren, ein wenig angegrauten Haare und blätterte in den Papieren, die vor ihm lagen.

"Sie sind heute wieder unausstehlich, Krause! Aber meinethalben! Machen Sie sich Ihre Notizen und ich werde alles genau erzählen."

Krause rührte sich nicht.

"Herr Doktor belieben zu vergessen, daß ich mir niemals Notizen machen muß, weil ich Gelegenheit genug hatte, mein Gedächtnis zu schärfen."

Dr. Clusius erhob seine Stimme.

"Jawohl, Herr von Krause, ich gestattete mir, einen Augenblick Ihre Biographie zu negligieren. Also gut, schreiben

Sie nicht auf, aber setzen Sie sich und bringen Sie mich nicht zur Verzweiflung. Ich habe Ihnen gesagt, daß dem Polizeipräsidium innerhalb einiger Wochen vier Vermißtanzeigen zugegangen sind. Es handelt sich um folgende Fälle: Ein Mädchen, laut Meldeschein Trude Müller aus Berlin, dreiundzwanzig Jahre alt, hat am ersten Juli bei der Witwe Wendler, Waterloo-Ufer sechs, ein Zimmer gemietet. Die junge Dame machte einen guten, vertrauenswürdigen Eindruck, gab an, Lehrerin zu sein und demnächst heiraten zu wollen. Die Miete für das Zimmer zahlte Trude Möller für einen Monat im vorhinein. Am sechsten Juli erzählte sie ihrer Wirtsfrau, daß sie mit ihrem Bräutigam eine kleine Reise unternehmen müsse. Er wolle ein Besitztum an der Havel unweit von Ketzin erwerben und es vor Kaufabschluß mit ihr besichtigen. Sie werde in Ketzin bei einer Tante ihres Bräutigams übernachten und morgen, spätestens übermorgen wieder zurück sein. Das Mädchen machte rasch eine Handtasche zurecht und stellte ihren Bräutigam, der gleich darauf mit einem Autotaxi vorgefahren kam, der Frau Wendler vor. Dieser Bräutigam dürfte angeblich Schollern oder Schullern geheißen haben, trug einen Kneifer und wird als hagerer, blonder Mann in den Dreißigern geschildert. Die

Müller kam nicht mehr zurück und am sechzehnten Juli erstattete Frau Wendler die Abgängigkeitsanzeige, der das Revieramt keine sonderliche Aufmerksamkeit schenkte. Der von Fräulein Müller hinterlassene Holzkoffer ist noch uneröffnet und hinterliegt jetzt hier im Aufbewahrungsraum des Präsidiums.

Zweiter Fall: Am fünften Juli erschien in der Pension der Frau Zinkenbach in der Nürnbergerstraße ein Mädchen und mietete ein Zimmer mit voller Verpflegung. Die Dame zog am zehnten Juli ein und füllte den Anmeldeschein höchst flüchtig mit Grete Möller, geboren in Hamburg, fünfundzwanzig Jahre alt, Private, aus. Schon zwei Tage später teilte sie dem Stubenmädchen frühmorgens mit, daß sie auf etwa zwei Tage verreisen werde, um mit ihrem Bräutigam ein Haus in der Havelgegend zu besichtigen. Den Bräutigam, der mit einem Taxicab vorfuhr, hat niemand als der Portier gesehen, und dieser kann sich nur an einen blonden Herrn mit Kneifer erinnern. Auch Fräulein Möller ist nicht mehr zurückgekehrt.

Dritter Fall: Am fünfzehnten Juli mietete ein Fräulein Annemarie Jensen, ebenfalls in Hamburg geboren, vierundzwanzig Jahre alt, ein bescheidenes Zimmer in der Fremdenpension der Frau Lestikow in der Motzstraße. Sie erzählte, sie sei eben aus Nordamerika zurückgekehrt und suche in Berlin eine Stelle als Hausdame. Einige Tage später aber vertraute sie der Frau Lestikow an, einen Herrn kennen gelernt zu haben, der sie zu verehren scheine. Er sei sehr wohlhabend, in den besten Jahren, ein hochgebildeter Mann, Naturforscher und beabsichtige, sich unweit von Berlin anzukaufen, um in Ruhe seinen Forschungen leben zu können. Am einundzwanzigsten Juli kam Fräulein Jensen spätabends nach Hause und teilte der Frau Lestikow, die noch wach war sehr erregt mit, daß sie sich mit dem Naturforscher verlobt habe und am anderen Tag mit ihm nach dem Havelstädtchen Ketzin reisen wolle, um dort ein in der Nähe befindliches Haus mit Garten zu besichtigen. Der Bräutigam, der anderen Tages gegen zehn Uhr vormittags Fräulein Jensen abholte, wurde von Frau Lestikow gesehen und ihr als Doktor Schindler vorgestellt. Er war sehr wortkarg, trieb zur Eile an, trug einen Kneifer, war schlank und blond. Fräulein Jensen kam, obwohl auch sie vorausgezahlt und ihr Gepäck hinterlassen hatte, nicht mehr zurück.

Vierter und letzter Fall: Käthe Pfeiffer, geboren in Bayern, ohne Angabe des Ortes, fünfundzwanzig Jahre alt, Kontoristin, mietete am zwanzigsten Juli ein möbliertes Zimmer bei der

Witwe Klappholz in der Krummenstraße in Charlottenburg. Frau Klappholz sah ihre Mieterin, die den ganzen Tag außer Haus war, nur selten. Am fünfundzwanzigsten Juli verließ Käthe Pfeiffer um sechs Uhr morgens das Haus und hinterließ folgendes Schreiben:

Werte Frau Klappholz!

Ich verreise auf zwei Tage, da mein Bräutigam eine Villa an der Havel kaufen soll, die ich natürlich vorher auch besichtigen möchte. Bin spätestens übermorgen wieder hier. Bitte aufzupassen, daß nichts aus meinem Zimmer fortkommt. Bestens grüßend

Käthe Pfeiffer.

Den Bräutigam hat niemand gesehen, Fräulein Pfeiffer ist nicht mehr zurückgekehrt und Frau Klappholz hat am fünften August, also genau vor einer Woche, die Anzeige erstattet."

Dr. Clusius blies vor sich hin, streckte die Beine weit aus, schob Krause die Zigarren zu, zündete sich selbst eine an und sagte:

"Ich bin fertig und werde wirklich staunen, wenn Sie sich alles gemerkt haben. Und nun, lieber Krause, was halten Sie davon?"

In Krause kam jetzt endlich Bewegung. Er stand auf, ging zum Fenster, warf einen Blick auf den Alexanderplatz, lachte kurz und trocken auf, weil ihm zwei dicke Frauen, die ihm Verlauf eines Tratsches ihre Marktkorbe gegeneinander schwenkten, komisch erschienen, drehte sich dann um und sprach, während sein mageres, verwittertes Gesicht, das mit der scharfen Hakennase einem Schauspieler, einem Jockei, aber auch einem ein wenig degenerierten Aristokraten gehören konnte, sich in tausend Falten und Fältchen legte, tonlos, ohne Erregung, gleichgültig, als würde es sich um eine Wetterfrage handeln:

"Ich habe mir jedes Detail gemerkt, und das war nicht schwer, weil diesen aus den Polizeirevieren stammenden Berichten eben jedes Detail fehlt. Was ich davon halte? Nun, dem Anschein nach könnte es sich allerdings um vier ganz gleichartige Verbrechen, begangen von ein und derselben Person, handeln."

Der oberste Kriminalbeamte von Berlin sah den hageren, irgendwie grau erscheinenden und ganz in Grau gekleideten Mann interessiert an.

"Sie drücken sich sehr vorsichtig aus, Krause! Dem Anschein nach und könnte sich — — — Wollen Sie also den Fall übernehmen?"

"Sicher, er ist ernst genug, um mich anzuregen."

Dr. Clusius lächelte und nickte befriedigt.

"Was wollen wir also zunächst unternehmen?"

"Ganz klar, Herr Doktor! Morgen vormittag müssen hier in diesem Zimmer die zurückgelassenen Gegenstände der verschwundenen Frauen, ihre Anmeldescheine und die vier Vermieterinnen, bei denen sie gewohnt hatten, sowie der Portier aus der Motzstraße zur Stelle sein. Na, vor dem Gequatsch der vier Weiber graut mir jetzt schon! Aber es muß überstanden werden und dann gehe ich los!"

Die Worte: "Dann gehe ich los" gefielen dem Chef so außerordentlich, daß er sich vergnügt die Hände rieb. Ich gehe los — das hatte bei Krause zu bedeuten, daß er sich aus einem apathischen Nörgler in eine Dynamomaschine verwandelte und wirklich losging, wie ein Auto mit achtzig Pferdekräften. Krause ging nicht immer los, aber wenn er losging, dann arbeitete er mit hundert Sinnen und Gehirnen.

Joachim von Dengern, alias Krause

Während sich Dr. Wilhelm Clusius in seiner ganzen Art nicht sonderlich von anderen leitenden Polizeibeamten der Großstädte unterschied und seine erfolgreiche Laufbahn weniger irgendwelchen hervorstechenden Eigenschaften, als mustergültiger Pflichttreue, tadelloser Lebensführung und außerordentlichem Taktgefühl, bewiesen in peinlichen, in den vornehmsten Kreisen spielenden Affären, verdankte, glich Krause in keiner Weise den üblichen Kriminalunterbeamten, die man Detektive zu nennen pflegt. Und seine Karriere, seine Lebensgeschichte, sein Werdegang waren wohl ganz außerordentlicher Art. Aber sogar die wenigen Eingeweihten wußten von ihm nicht viel mehr, als daß Krause gar nicht Krause hieß, sondern dies nur ein von ihm angenommener Name sei, und daß es ihm nicht an der Wiege gesungen worden war, dereinst höchstpersönlich, nicht vom grünen Tisch aus, sondern mittelst Einsetzung aller Kräfte Verbrechern nachjagen zu müssen. Genaues wußte im Roten Haus am Alexanderplatz eigentlich nur Dr. Clusius, und weil er es wußte, so schätzte er diesen mitunter höchst widerwärtigen Krause so sehr, ja ganz tief im Inneren brachte er ihm eine Hochachtung und Bewunderung entgegen wie keinem anderen Menschen aus seinem Wirkungs- und Bekanntenkreis.

Krause war ein unglücklicher Mensch und hatte einen Knacks weg, von dem er sich nicht erholen konnte. Er hieß in Wirklichkeit Joachim von Dengern, entstammte einer wenig begüterten, aber um so vornehmeren Familie, hatte sein Einjährigenjahr bei den Gardekürassieren abgedient, war Reserveleutnant geworden und nach Erlangung des Juristischen Doktordiploms und später des Referendarexamens in die Kanzlei eines der berühmtesten Berliner Rechtsanwälte, des Justizrates Rodenbach, eingetreten. Man war jung, hatte in Pommern einen Bruder Gutsbesitzer, der durch Heirat klotzig reich geworden war, man jeute also ein bißchen, gab für nette kleine Mädchen mehr Geld aus, als man eigentlich durfte, pumpte von Zeit zu Zeit den um zehn Jahre älteren Bruder kräftig an, kam oft etwas verkatert und zu spät in das Bureau oder zu Gericht — kurzum, man lebte so und nicht schlechter als tausend andere junge Referendare, die "von" sind, als nette, lustige Kerle gelten und gut daran tun, sich die Hörner abzustoßen, bevor es unter das Joch der Ehe und Würden geht.

Bis sich eines Tages Furchtbares und Unerwartetes ereignete. Justizrat Rodenbach hatte in einer Prozeßangelegenheit von einem Klienten ein Depot von etlichen Millionen Mark in barem Geld erhalten. Diesen Betrag legte er in Gegenwart seines jungen Gehilfen, Dr. Joachim von Dengern, in den eisernen Kassenschrank, wobei er sagte, daß es eigentlich recht unvorsichtig sei, solche Summen zu behalten, um so mehr als der Kassenschrank veraltet sei und einem halbwegs gewiegten Einbrecher wenig Widerstand entgegensetzen wurde. Einer Bemerkung, der Joachim von Dengern pflichtschuldig beistimmte, nicht ohne zu denken, daß es gerade jetzt, da der Dalles wieder einmal erheblich war, sehr schön wäre, einen Teil des Geldes zu besitzen. An diesem Tag gab es vielerlei Arbeit, manche, die nach Ansicht des Referendars hätte liegen bleiben können, nach der Ansicht des Justizrates aber unbedingt erledigt werden sollte. Joachim von Dengern mußte tüchtig Überstunden machen und befand sich, nachdem der Justizrat sich ins königliche Opernhaus begeben und auch die anderen, weniger intensiv beschäftigten Herren fortgegangen waren, noch eine Stunde oder mehr allein im Bureau. Er nahm daher, wie immer in solchen Fällen, die zweiten Bureauschlüssel mit sich, nachdem er alle Türen ordentlich versperrt hatte, während der alte Bureaudiener August, der schon frühmorgens zu kommen pflegte, die andere Garnitur besaß. Auch der Justizrat hatte natürlich Schlüssel bei sich.

Am anderen Tag fand Joachim von Dengern, als er nach durchzechter Nacht etwas bleich und zitterig den Dienst antrat, das Bureau in chaotischem Zustand an. Furchtbares hatte sich ereignet! Der Kassenschrank war mittelst primitiver Instrumente erbrochen und seines kostbaren Inhaltes beraubt worden. Dr. Clusius, damals noch gewöhnlicher Kriminalkommissär, führte die Untersuchung und wußte nach knapp einer Stunde genau Bescheid. Nur der Referendar Joachim von Dengern konnte der Täter sein! Er allein hatte von den Millionen im Kassenschrank gewußt, er war allein im Bureau zurückgeblieben, er wußte genau, wo im Vorzimmer auf einem verstaubten Aktenschrank ein Werkzeugkasten stand, mittelst dessen Inhalt, wie einwandfrei nachgewiesen werden konnte, die Herausstemmung der Schloßzunge erfolgt war. Außerdem: Dengern war verschuldet, hatte auf einen neuen Pumpversuch von seinem Bruder einen deutlich abwinkenden Briet erhalten, er führte überhaupt einen sogenannten liederlichen Lebenswandel — kurzum, seine Verhaftung war gerechtfertigt. Wie sehr gerechtfertigt, erwies sich, als man ihn einer Leibesuntersuchung unterzog und in der

Innentasche seines Stadtpelzes ein Bündel von Hunderttausendmarkscheinen fand. Unschwer wurde denn auch festgestellt, daß diese Tausendmarkscheine mit jenen übereinstimmten, die Justizrat Rodenbach am Tage vorher als Depot erhalten hatte.

Vergebens beteuerte Joachim von Dengern vor dem Untersuchungsrichter und später vor den Geschwornen, daß er keine Ahnung habe, wie die Tausender in seinen Pelz gekommen seien, vergebens schrie er immer wieder: "Ich bin unschuldig!" Das von Dr. Clusius erbrachte Beweismaterial war zu stark und Dengern wurde zu vier Jahren Zuchthaus verurteilt. Ein wenig hart, aber eines aufrechten, charakterfesten Mannes durchaus würdig, hatte sich in dieser Zeit der ältere Bruder Joachims benommen, der auf einen jammervollen Brief, in dem Joachim bei dem Angedenken an seine verstorbenen Eltern und bei seiner Mannesehre seine Unschuld beschwor, nur die kernigen, lapidaren Worte zu erwidern wußte:

"Belästigen Sie mich nicht mehr mit Zuschriften, die ich nur mit Ekel in die Hand nehmen kann. Ich habe keinen Bruder mehr! Mein Bruder ist an dem Tage gestorben, da er meinen Namen mit Schmach bedeckte!"

In den drei langen Zuchthausjahren — ein Jahr wurde ihm seiner guten Führung wegen geschenkt — klebte Joachim Dengern Düten, band Gebetbücher ein, lernte Ösen in Schuhoberteile machen. Und nebenbei dachte er am Tag bei der Arbeit und in der Nacht, wenn das Zuchthaus von den wüsten Träumen der gefesselten Menschen erdröhnte, nach. Immer dachte er an ein und dasselbe: Wie werde ich meine Unschuld erweisen, wie baue ich Tatsachen, Vermutungen, winzige Geschehnisse so auf und zusammen, daß sie dereinst meine Zeugen werden? Im Kopfe setzte er — Papier erhielt er für solch alberne Dinge nicht — die Schrift zusammen, mit der er die Wiederaufnahme des Verfahrens gegen sich beantragen wollte, und diese Schrift wurde immer umfangreicher, es wurden schließlich hundert Seiten Maschinenschrift, die er jederzeit auswendig hersagen konnte.

Als die drei Jahre um waren, hatte Joachim Dengern die Freiheit wieder und ein paar hundert ersparte Mark und allerlei goldene Sächelchen von früher, die er sofort verkaufte. Und nun entwickelte er eine Tätigkeit, die allein in ihrer Schilderung einen Roman bilden könnte. Er verkroch sich in das Privatleben seines früheren Chefs, des Justizrates Rodenbach, wühlte sich Jahre zurück, umschlich die Frau, die

Kinder, das Hausgesinde des Rechtsanwaltes, eruierte, wohin der Trödler den altmodischen Kassenschrank verkauft hatte, den er nach der Affäre vom Justizrat billig bekommen. Er biederte sich mit dem kleinen Kaufmann an, der den Kassenschrank nun besaß, setzte sich durch Bestechung und List in den Besitz des Stemmeisens, mit dem damals die Schloßzunge herausgebrochen worden war. Er verkleidete sich als Botengänger, spielte die Rolle eines Versicherungsagenten auf Leben und Feuer, lernte dadurch die reizende Lolotte vom Elysiumtheater kennen, machte ihr einen Heiratsantrag, der angenommen wurde, spürte ihren Juwelen und deren Quellen nach, mietete mit dem Rest seiner Habe eine alte Kartenaufschlägerin, die zu Lolotte gehen und ihr bestimmte Dinge prophezeien, aber auch bestimmte Angaben dabei entlocken mußte, und als er gerade noch fünf Mark besaß, erschien er eines Tages kreidebleich mit tausend Falten und Fältchen im Gesicht, grau in grau anzusehen, vor dem zum Chef der Kriminalpolizei aufgerückten Dr. Clusius, warf ihm ein Bündel mit hundertfünfzig Seiten Maschinenschrift auf den Tisch schrie keuchend: "Verhaften Sie sofort den alten Schurken Rodenbach, der mich ins Zuchthaus stecken ließ, um seine eigenen Unterschlagungen zu verdecken," und fiel dann ohnmächtig zusammen.

Justizrat Rodenbach erschoß sich, bevor man ihm Handschellen anlegen konnte, und wenige Wochen später wurde im Schwurgerichtssaal in Moabit die Satzschrift des Joachim Dengern vorgelesen, durch hundert Zeugen auf ihre Wahrheit bestätigt, und der Schluß war, daß Joachim Dengern wieder Dr. Joachim von Dengern, von den Zuhörern bejubelt, von den Zeitungen gepriesen und am meisten von Dr. Clusius bewundert wurde. Außerdem erhielt er vom Staat, der sich an den Erben des Justizrates schadlos hielt, ein ganz ansehnliches Vermögen als Entschädigung für die unschuldig verbüßte Zuchthausstrafe und von seinem Bruder eine Depesche mit herzlicher Gratulation, die unerwidert blieb.

Joachim von Dengern aber war ein anderer geworden. Er zog sich in einen Vorort zurück, wurde menschenscheu, mied jedes Zusammentreffen mit früheren Freunden, trank viel und hastig, verbrauchte langsam, aber sicher sein Geld, bis er eines Tages durch Zufall in einem Weinrestaurant mit Dr. Clusius zusammenstieß. Dieser, voll Beschämung über das seinerzeitige, so verhängnisvolle Irren, bat Dengern, ihm Gesellschaft zu leisten, erkannte den bedenklichen

Gemütszustand des nun schon sechsunddreißigjährigen Mannes und sagte plötzlich, einer Eingebung folgend, wie sie mitunter auch ganz gewöhnliche Menschen überfällt:

"Kommen Sie zu uns! Arbeiten Sie im Dienste der Polizei und der Gerechtigkeit! Sie haben ja bewiesen, daß in Ihnen der genialste Detektiv steckt, den es inklusive des Fatzke Sherlock Holmes auf der Welt gibt!"

Und da war, zum erstenmal seit vielen Jahren, ein Lächeln über das zerrackerte Gesicht Dengerns geflogen und er hatte die dargebotene Hand mit festem Druck umklammert.

Seither war Dr. Joachim von Dengern unter dem Namen Krause als Vertragsbeamter im Dienste der Berliner Polizei tätig, und zwar mit einem Erfolg, der die kühnsten Erwartungen des Dr. Clusius und des Polizeipräsidenten übertraf. Seit fünf Jahren wurden ihm die schwierigsten, kniffIichsten, verzweifeltsten Fälle anvertraut, und soweit menschlichem Können keine Grenzen gesetzt waren, blieb ihm der Erfolg treu. Die sensationelle Ermordung der Fürstin H. durch die eigene Tochter, die internationalen Banknotenfälschungen, bei denen es sich um Milliardenwerte handelte, die Eruierung der "Grünen Brüder", unter welchem Namen eine internationale Einbrecherbande durch viele Jahre ungestört ihr Handwerk betreiben konnte — diese und hundert andere Affären waren es, von denen die Eingeweihten flüsterten, wenn der Vertragsbeamte Krause grau in grau durch die Korridore des Polizeipräsidiums schritt.

Und dieser Krause wollte nun losgehen, um ein düsteres, aufregendes Massenverbrechen, das bald die Sensation ganz Deutschlands bilden sollte, zu rächen.

Vier Mädchen ohne Anhang

Während Clusius mit strenger Miene die vier Frauen gleichzeitig einem Verhör unterzog, wühlte Krause in den vier Handkoffern, Taschen und Körben der verschwundenen Mädchen. Was die vor dem tintenbekleckten Schreibtisch stehenden aufgeregten Weiber erzählten, schien ihn nicht zu interessieren und die nervösen Blicke, die sein Chef zu ihm hinüberschoß, ließen ihn ebenso kalt, wie Dr. Clusius' kräftiges Räuspern.

Vier Bündel und vier Schicksale, dachte Krause. Dieser schäbige schwarze Holzkoffer, diese zerschlissene Tasche aus Segeltuch, dieser zerbeulte Strohkorb, diese Tasche aus

Lederersatz sind mit ihrem trostlosen Inhalt an ordinärer Wäsche, verschwitzten Blusen, abgetretenen Schuhen Lebensgeschichten. Die irdischen Reste armer, dummer Mädchen, die in ihrer irren Angst vor dem einsamen Alter und der ungestillten Gier nach Liebe, Zweisamkeit und Mutterschaft dem erstbesten Schurken auf den Leim gehen und sich, bis zum letzten Augenblick voll süßen Sehnens, von ihm irgendwo im Wald oder an einem öden Flußufer abschlachten lassen.

Eben hatte Dr. Clusius das Verhör mit der letzten Anzeigerin, der Witwe Klappholz aus Charlottenburg, beendet, als Krause plötzlich Kehrt machte und eingriff.

"Meine Damen, ich werde jetzt kurz alles das, was Sie mitgeteilt haben, rekapitulieren."

"Wiederholen," unterbrach ihn der Chef, der Fremdwörter nicht leiden mochte, mit hochgezogenen Augenbrauen.

"Also nicht rekapitulieren, sondern wiederholen," lächelte boshaft Krause. "Zunächst das Fräulein Trude Müller, das bei Ihnen, Frau Wendler, gewohnt hat. Mittelgroß, schlank, hochdeutsch mit Berliner Betonung, braune Haare à la Cleo de Merode, schöne Zähne, große Augen, deren Farbe Sie nicht genau angeben können. Ein auffallend hübsches und sympathisches Mädchen, scheinbar verliebter Natur. Sie hat Ihnen des öfteren von Ihrem Bräutigam erzählt. Diesen Bräutigam haben Sie nur einmal gesehen, auch er machte auf Sie einen trefflichen Eindruck und ist ein hübscher, blonder, bartloser Mann mit Kneifer." Bei diesen Worten nickten alle vier Frauen und man hörte ein "Jawoll" in verschiedenen Tonarten.

"Von Verwandten in Berlin oder anderswo, von Freunden und Bekannten dieser Trude Müller wissen Sie nichts?"

"Ne," erwiderte Frau Wendler, "das arme Fräulein hat ja nie von sich, sondern immer nur von ihrem Bräutigam, dem Lumpen, den Gott strafen soll, gesprochen, und nu schwimmt ihre Leiche sicher irgendwo im Wasser herum und der Kerl vergnügt sich mit anderen Meechens, die er dann ooch umbringen wird."

Frau Wendler schluchzte, die anderen drei schneuzten sich, Kapott- und Federhüte flogen aufgeregt auf und ab.

"Bei Ihnen, Frau Zinkenbach, hat nur zwei Tage die verschwundene Grete Möller aus Hamburg gewohnt. Hellbraune Gretchenzöpfe, volle Erscheinung, ausgesprochener Hamburger Dialekt. Auch sie hat von einem Bräutigam erzählt, mit dem sie einen Ausflug nach der Havel unternehmen wolle. Sie wurde auch von dem Bräutigam abgeholt, aber nur der Portier hat ihn gesehen. Lassen wir jetzt den Mann hereinkommen."

Der Portier, Herr Zimmermann aus der Nürnbergerstraße, trat ein. Krause winkte, als sein Chef das Verhör aufnehmen wollte, ab und fragte selbst.

"Der Herr, mit dem am fünften Juli ein Fräulein, das bei Frau Zinkenbach wohnte, wegfuhr,

war blond und hatte einen kleinen Schnurrbart, nicht wahr?"

Zimmermann verneinte heftig. "Ne, soweit Ich mir erinnern kann, war sein janzes Jesicht glatt rasiert, wie es so die dämlichen Engländer an sich haben."

Krause nickte lächelnd. "Trug er Brille oder Kneifer?"

"Kneifer, wenn ick mir nicht irre."

"Können Sie sonst etwas über ihn aussagen?"

"Nischt, was von Belang wäre. Schien mir ein jemütlicher Herr zu sein und drückte mir davor daß ick dem Fräulein, was nu verschwunden is, die kleine Handtasche beim Einsteigen hielt, fünf Märker in die Hand."

"Gut, Sie können gehen."

"Bei Ihnen, Frau Lestikow, hat Fräulein Annemarie Jensen, ebenfalls aus Hamburg, gewohnt. Rötliche Haare, glatt gescheitelt, mager, Zwicker reines Hochdeutsch. Sie war redselig, hat viel von ihrem Verehrer erzählt, der Naturforscher sei und Ihnen abends vor ihrer Abreise gesagt, sie habe sich verlobt und wolle nun mit dem Bräutigam nach Ketzin, um dort ein Haus zu besichtigen. Sie schildern den Bräutigam genau wie die anderen, so daß wir es ganz ohne Zweifel mit ein und demselben Individuum zu tun haben.

Bei Ihnen aber, Frau Klappholz, hat Fräulein Käthe Pfeiffer, die aus Bayern kam, gewohnt. Sie haben das Mädchen nur zwei- oder dreimal und dann immer nur im Hut gesehen, so daß Sie nicht einmal wissen, ob es blond oder dunkel war. Sie sprach mit süddeutschem Dialekt und hat ihre Abreise in dem uns übergebenen Briefe mitgeteilt.

Und nun, meine Damen, bitte ich Sie, intensiv pardon, eifrig nachzudenken: Ist Ihnen an Ihrer auf so mysteriöse, ich meine geheimnisvolle Weise verschwundenen Mieterin irgend etwas, sei es ein Muttermal, eine bestimmte Geste, ein sonderbares Wort, ein Kleidungsstück aufgefallen?"

Die Frauen schwiegen, bemühten sich ersichtlich, nachzudenken und dann ergriff Frau Lestikow das Wort.

"Jawohl, Herr Inspektor, etwas ist mir, oder eigentlich meiner Minna, die mein Mädchen ist, schon aufgefallen. Fräulein Jensen hat so niedliche, kleine Füße gehabt, wie sie gerade bei Hamburgerinnen eine rechte Seltenheit sind. Einmal hat mir Minna die Schuhe vom Fräulein Jensen, die abends vor die Türe gestellt wurden, gebracht und gesagt: "Madameken, sehen Sie nur eenmal die Schuhchen an! Die reinsten Kinderstiebel"

"Das Fräulein Müller hat, wenn ich mich recht besinne, auch recht niedliche Füße jehabt," konkurrierte ein wenig erbost Frau Wendler, während Krause langsam die Gegenstände aus der Handtasche, die bei Frau Lestikow zurückgeblieben war, durch die Hände gleiten ließ und scheinbar gedankenlos einen alles eher als eleganten schwarzen Strumpf über die Finger zog und dann einen Halbschuh besichtigte.

"Noch etwas, meine Damen: Hat keine von Ihnen gefragt oder sonstwie erfahren, wie Ihre Mieterin zu diesem Bräutigam gekommen ist?"

Wieder war es Frau Lestikow, die Antwort wußte.

"Jawohl, ich habe am Abend, als sie mir von der Verlobung erzählte, gefragt, wo sie den Herrn Bräutigam eigentlich kennen gelernt habe. Also, mir kommt es jetzt vor, als wenn Fräulein Jensen ein wenig verlegen geworden wäre. Sie hat gesagt, durch einen ganz komischen Zufall, und dann von etwas anderem gesprochen."

Rot im Gesicht, erregt und wichtig zogen die vier Damen ab und Dr. Clusius blieb mit Krause allein zurück.

"Nun?" fragte Clusius gespannt.

Krause ließ nochmals den Blick über die vier vor ihm liegenden Meldescheine und den Brief des Fräuleins Pfeiffer gleiten, steile, aufrechte, naive, gotische oder lateinische, schlecht gekritzelte, undeutliche Buchstaben tanzten vor seinen Augen. Die Fältchen im Gesicht verdichteten, glätteten und verdichteten sich wieder, dann ging er, die Hände in den Hosentaschen, auf und ab und hielt so eine Art Vortrag.

"Wohl der schwierigste Fall, den Sie mir bisher übergeben haben, Herr Doktor. Vier Mädchen verschwinden, von denen jede einen der banalsten und häufigsten Namen hat, den man sonst nur erfinden könnte. Müller, Möller, Jensen, Pfeiffer!

Dergleichen laufen im Deutschen Reiche zu Zehntausenden umher. Keine hat eine frühere Adresse angegeben, keine von Freunden oder Verwandten erzählt. Ferner: Alle vier scheinen sogenannte bessere, halb oder ganz gebildete Personen, aber keineswegs mit Glücksgütern gesegnet gewesen zu sein. Direkt arm waren sie aber auch nicht, trotz der Armseligkeit ihrer Hinterlassenschaft. Dafür, daß sie nicht ganz arm waren, spricht die Tatsache, daß sie alle vorausbezahlt haben und, wie jede der vier Vermieterinnen erzählt, entweder Ohrringe oder hübsche Fingerringe, die eine eine goldene Uhr mit Kette, eine sogar eine Brillantbrosche besaßen."

"Zu welcher Schlußfolgerung kommen Sie daraus?"

"Oberflächlich betrachtet, könnte man aus diesen gewissen Gleichartigkeiten auf sonderbare Zufälligkeiten schließen. In Wirklichkeit könnten aber die Gleichartigkeiten, die primitiven Namen, der Mangel an Anhang in Berlin, nicht völlige Mittellosigkeit und bessere Art, die Umstände gewesen sein, die sie eben zu Opfern eines Mordbuben machten."

"Versteh' ich nicht ganz!"

"Ist doch sehr einfach, Herr Doktor! Der saubere Bräutigam hat sich eben prinzipiell nur mit Mädchen, die hier keine

Familie haben, gewöhnliche Namen tragen und etwas Geld sowie Schmuck besitzen, verlobt, weil er bei diesen Mädchen einerseits auf genügende Beute rechnen durfte, andererseits sich vor Entdeckung sicherer fühlte, als wenn er mit Mädchen aus Berliner Häusern angeknüpft hätte."

"Und was nun, Herr Krause?"

"Die nächsten Schritte, Herr Doktor, werden Ihre Beamten machen müssen. Aufrufe in den Berliner, Hamburger und bayerischen Zeitungen nach Personen, die über die Vermißten etwas sagen können, Ausschreibungen von hohen Belohnungen, Nachforschungen in Ketzin und Umgebung und in den transatlantischen Passagierlisten nach Fräulein Jensen, die im Frühling aus New York zurückgekehrt sein will. In der Zeit, die darüber vergehen wird, werde ich einiges zu besorgen haben. Jedenfalls bitte ich Sie, heute noch die Reporter aller Zeitungen bei sich zu versammeln, damit die ganze Öffentlichkeit interessiert wird. Wer weiß — vielleicht werden noch andere Abgängigkeitsanzeigen erstattet oder es kommen wichtige Spuren zutage. Natürlich sofort Steckbrief erlassen nach dem blonden Schuller, Schullern oder Schindler mit dem Kneifer."

Dr. Clusius sprang nervös auf. "Krause, die Geschichte wird ungeheuer viel Staub aufwirbeln, und wehe uns, wenn wir nichts herausbekommen. Ich muß mich wieder einmal ganz auf Sie verlassen."

Selma Cohen als Fünfte

Der Chef der Kriminalpolizei hatte mit seiner Vermutung nur zu recht gehabt. Das Aufsehen, das die Mitteilungen der Polizei über das spurlose Verschwinden von vier Mädchen machten, war enorm. Die Tatsache, daß man von den Mädchen selbst nicht das geringste wußte, das Geheimnis, das den blonden Mann mit dem Kneifer umhüllte, die Möglichkeit, daß sich noch andere Frauen unter seinen Opfern befänden, das alles wirkte aufregend, entzündete die Phantasie, war Lesestoff, den die Berliner mit Gier verschlangen. Und die Zeitungen taten das ihrige, um den Fall auszuschlachten, überboten einander in schreienden Überschriften, machten, je nachdem, aus dem blonden Mann einen Blaubart, einen Aufschlitzer, einen perversen Wüstling. Aber sie unterstützten auch die Polizei nach besten Kräften, indem sie ihre Korrespondenten in

Hamburg und München alarmierten und Berichterstatter nach Ketzin schickten, um dort Nachforschungen anzustellen. Über Nacht wurde aus dem freundlichen, aber verschlafenen Städtchen eine Weltberühmtheit, die Berichterstatter schilderten das Rathaus, den Marktplatz, die Kirchen, die Gasthöfe mit allen Details, nur von dem blonden Mann und seinen Bräuten konnten sie nichts melden. Wohl war im Laufe der letzten Wochen im Gasthof "Zum Löwen" oder im Hotel Bismarck hier und da ein Liebespärchen eingekehrt, das die Aufmerksamkeit der guten Ketziner erregt hatte, wohl wollten die Klatschbasen von Ketzin einmal ein fremdes Mädchen mit einem blonden Herrn gesehen haben, der einen unheimlichen Blick an sich hatte, aber bei näherer Nachforschung stellte sich alles als Phantasie oder Harmlosigkeit heraus.

Auch die Polizei war durchaus nicht müßig. Sie forschte in Hamburg und in allen bayerischen Städten, sie blätterte sämtliche Schiffslisten des letzten Jahres durch, sie schrieb enorme Belohnungen aus, sie ließ ihre tüchtigsten Detektive in Begleitung glänzend dressierter Polizeihunde die ganze Umgebung von Ketzin, die Auen längs der Havel, die Wälder, den Strom selbst durchsuchen — alles vergebens! Niemand meldete sich, der eines der Mädchen gekannt hätte, nirgends wurde eine Spur gefunden, man tappte völlig im Dunkeln.

Nur, daß sich sehr bald den vier Fällen ein fünfter zugesellte. Wenige Tage nach dem Erscheinen der ersten Zeitungsberichte meldete sich bei Dr. Clusius eine Frau Rosenbaum, die unweit des Nollendorfplatzes wohnte und Zimmer vermietete. Sie gab an, daß am 8. Juli bei ihr eine junge Dame gemietet habe, die Selma Cohen hieß und laut Meldeschein 24 Jahre alt und in Berlin geboren war. Fräulein Cohen hatte erzählt, daß sie sich seit Jahren mit einer leidenden Dame auf Reisen befunden habe und nun in Berlin bis zu ihrer Verheiratung bleiben wolle. Sie sei nämlich mit einem Herrn verlobt, der im Begriff sei, unweit von Berlin an der Havel ein kleines Landgut zu kaufen. Frau Rosenbaum hatte ihre Mieterin nur einmal gesehen und schilderte sie als auffällig üppig und wahrscheinlich schwarzhaarig. Mehr wußte sie nicht, da Fräulein Cohen einen dichten Schleier trug. Die Mieterin, die mit unverkennbar jüdischem Jargon sprach, habe die Miete für einen Monat gezahlt und sei am anderen Tag zeitlich morgens mit einer Handtasche eingezogen, ohne von jemandem gesehen worden zu sein, da sie gleich nach der Bezahlung der Miete den Schlüssel bekommen habe. Am selben Vormittag habe sich

Fräulein Cohen mit der Handtasche wieder entfernt und ihr, Frau Rosenbaum, die sich gerade im Badezimmer aufgehalten, durch die Tür mitgeteilt, daß sie mit ihrem Bräutigam verreise, aber unbedingt am nächsten Tag wieder zurück sein werde. Sie kam nicht mehr, aber da sie ihr Gepäck mitgenommen hatte, habe sie keinen Anlaß zu Befürchtungen gehabt, sondern geglaubt, daß das Fräulein sich die Sache überlegt und unter Verzicht auf die Zimmermiete irgendwo anders eingezogen sei. Erst die alarmierenden Zeitungsartikel hatten sie veranlaßt, die Anzeige zu erstatten. Nunmehr war allerdings kaum ein Zweifel vorhanden, daß auch Fräulein Selma Cohen von dem blonden Ungeheuer verschleppt worden war.

Nachdem Dr. Clusius dem Krause das Protokoll vorgelesen hatte, pfiff dieser vor sich hin und fuhr sich mit der schlanken, mageren Hand nervös durch das angegraute Haar.

"Nun beginnt die Geschichte grotesk zu werden. Ein fünftes Frauenzimmer und diesmal gar eines, das ausgerechnet Cohen heißt! Ebensogut konnte sie gar keinen Namen haben! Andererseits gibt es in ganz Deutschland kein jüdisches Mädchen ohne Verwandte, und es müßte doch der Teufel seine Hand im Spiel haben, wenn sich nach Veröffentlichung dieses neuen Falles nicht irgend ein Onkel oder Vetter oder Schwager melden würde!"

Aber der Teufel hatte wohl seine Hand im Spiel, denn der Fall Selma Cohen erregte zwar abermals gewaltiges Aufsehen, aber niemand aus dem Kreise des Mädchens meldete sich.

Krause hatte indessen, während die Zeitungen nachgerade ungeduldig wurden und mit Sticheleien gegen die Polizei begannen, durchaus nicht die Hände in den Schoß gelegt. Nachdem alle Nachforschungen nach Verwandten oder Bekannten der fünf verschwundenen Mädchen erfolglos geblieben waren, schien es ihm klar, daß in dieser Richtung vorläufig nichts zu tun sei. Und er sagte sich während eines stundenlangen Morgenspazierganges im Tiergarten:

"Es ist ersichtlich, daß der blonde Kerl in geradezu genialer Weise sich solche Mädchen als Opfer ausgesucht hat, die keinen Anhang, keine feste Heimat, keine Bodenständigkeit haben, sondern wie die Spreu im Winde durch Not oder Schicksal irgendwo zufällig sind. Ich kann also nicht nach den Mädchen suchen, sondern nur nach dem Mann, und das nur dadurch, daß ich ergründe, wie und auf welchen Wegen er zu seinen Bräuten gekommen ist. Da gäbe es nun allerlei Möglichkeiten. Er kann sie in Konditoreien, Kaffeehäusern,

Nachtlokalen, Tanzsälen kennen gelernt haben. Unwahrscheinlich, erstens, weil nach den Schilderungen der Vermieterinnen alle diese Mädchen einen durchaus soliden Eindruck machten, zweitens, weil der Kerl ja mit zehntausend Weibern hätte anbandeln müssen, um gerade jene herauszufinden, die Geld haben, vollständig allein stehen und geeignet sind, ihm ins Garn zu laufen. Nein, der Mann muß sozusagen unbeschränkte Wahl gehabt haben, er muß in der Lage gewesen sein, ganz unpersönlich und sachlich Mädchen herauszusuchen, die für ihn passen. Also schränken sich die weiteren Möglichkeiten auf zwei ein: Erstens auf berufsmäßige Heiratsvermittler, zweitens auf die Zeitungsannonce. Da ich aber nicht, um mich wie jener bekannte Bankier auszudrücken, ein Vogel bin, der auf zwei Stellen gleichzeitig sein kann, will ich zunächst der einen Möglichkeit nachgehen."

Die nächsten Tage verbrachte Krause restlos bei Berliner Heiratsvermittlern. Die Frau Buchholz und die Frau Schulz, der Herr Dattelbaum und die Frau Pfefferminz, die Grün und die Blau und wie sie alle heißen, wurden von ihm als Heiratskandidat besucht. Er stellte sich immer als Ingenieur vor und erzählte immer dieselbe Geschichte. Er sei auf der Eisenbahn mit einem Herrn bekannt geworden, dessen Namen er sich leider nicht mehr entsinne. Dieser Herr habe sich eben durch Vermittlung der verehrten Madame verlobt, und zwar mit einem reizenden Mädchen, das nicht nur etwas Geld, sondern auch den besonderen Vorzug habe, ganz allein, ohne Anhang dazustehen. Er selbst möchte auf dieselbe Art sein Glück machen und spreche eben deshalb vor.

Auf diese Art und in längerem Gespräch erfuhr Krause dann fast immer die Namen der Glücklichen, die durch die Vermittlerin in der letzten Zeit "zusammengebracht" worden waren; er bekam Personsbeschreibungen der Freier und der Bräute, aber immer wieder mußte er sich enttäuscht entfernen. Es kam unter den Mädchen keine vor, die eine der Verschwundenen hätte sein können, unter den Bräutigamen war keiner, den man für einen Mörder halten konnte.

Nach acht Tagen war Krause überzeugt, daß er auf diese Art zu keinem Resultat kommen würde, und schließlich schien es ihm auch höchst unwahrscheinlich zu sein, daß der Blaubart unvorsichtig genug gewesen sein konnte, sich durch eine geschwätzige Heiratsvermittlerin gefährden zu lassen. Und so entschloß er sich, die zweite und letzte Möglichkeit zu ergründen. Gleich der erste Schritt sollte ihm einen entscheidenden Erfolg bringen.

"Idylle an der Havel"

Der "Berliner Generalanzeiger" war das Blatt der Heiratsannoncen. Der Jüngling, der Seelenfreundschaft braucht, der reifere Mann mit Bedarf nach Mitgift, die einsame Jungfrau, die Witwe, der Vater, der anders seine Töchter nicht anbringen kann, sie alle pflegten ihre Schmerzen, Sehnsüchte und Hoffnungen dem "Generalanzeiger" anzuvertrauen und viele tausend Ehen waren vielleicht im Himmel geschlossen, aber im "Generalanzeiger" angebahnt worden.

Zeitlich morgens, als noch wenige Leute die Annoncenschalter des "Generalanzeigers" belagerten, begab sich Krause dorthin. Seine Arbeit wurde wesentlich dadurch erleichtert, daß jeder Schalter nur bestimmte Gruppen von Anzeigen behandelte. Hier konnte man nach Hauspersonal inserieren, dort seine alten Sachen anpreisen und der Schalter Nummer fünf war den Heiratsannoncen reserviert. Krause zeigte der ältlichen, mit einer Hornbrille bewaffneten Dame, die hier den Liebesgott spielte, sein Abzeichen und bat sie um eine kurze Unterredung. Mit kurzen Worten erklärte er ihr, um was es sich handelte, und stellte dann seine präzisierte Frage:

"Der Mann, den ich suche, dürfte im Laufe des Monats Juni, vielleicht auch noch etwas früher, seine Annoncen aufgegeben haben. Diese Annoncen dürften sehr verlockend gewesen sein, da es ihm ja um möglichst viele Antworten zu tun war. Sicher hat er auch schockweise Briefe bekommen. Außerdem war dieser Mann blond, hatte einen Kneifer und machte einen recht guten Eindruck. Mehr weiß ich nicht und alles Weitere hängt von Ihrem guten Gedächtnis ab."

Fräulein Lieblein war Feuer und Flamme, ballte die Fäuste und schoß Wut aus den kurzsichtigen Augen.

"So ein Schuft, so eine Bestie! Oh, wenn ich etwas dazu tun könnte, ihn aufs Schafott zu bringen, wäre ich direkt glücklich!"

Sie stemmte die Bleifeder gegen das spitze Kinn und dachte angestrengt nach.

"Gerade der Juni ist ein starker Monat gewesen, weil der Frühling so spät kam. Da werden ja die Menschen wie toll und möchten um jeden Preis heiraten!"

Innerlich lächelte Krause über das alte Mädchen, das die Jahreszeiten und Witterungen vielleicht in einen viel tieferen und richtigeren Zusammenhang mit dem menschlichen Liebesbedürfnis brachte als mancher graduierte Psycho- und Physiologe.

"Himmel! Jetzt entsinne ich mich eines blonden Herrn mit Kneifer, der — aber nein — der kann es nicht sein! Der sah ja so lieb und gut aus — und doch — er hat ein ganzes Bündel Antworten bekommen, und ich erinnere mich deutlich, wie er lachend die Briefe in seine Aktentasche steckte und mich fragte: Fräulein, glauben Sie nicht auch, daß ich mir jetzt gleich ein ganzes Dutzend Bräute aussuchen könnte?"

Krause hing gespannt an ihren Lippen. "Nun, und wissen Sie noch, wie der Text der Annonce gelautet hat?"

Fräulein Lieblein schüttelte den Kopf. "Nein, das nicht, aber die Chiffre, unter der er die Briefe abholen wollte, ist mir irgendwie aufgefallen. Wenn ich sie vor mir hätte, würde ich sie gleich unter hundert anderen herausfinden."

Ungeduldig pochten Leute an das Schalterfenster, Fräulein Lieblein bat eine der anderen Damen, sie zu vertreten, führte Krause rückwärts in die Administration und begann die Exemplare des "Generalanzeigers" ab Mitte Mai zu durchforschen. Nach gut einer Stunde, sie war eben beim Sonntagsblatt vom 2. Juni angelangt, legte Krause, der über ihre Schultern gebeugt mitsuchte, den Finger auf eine Anzeige und sagte trocken und bestimmt:

"Das wird es sein!"

Die Annonce lautete:

Akademisch gebildeter Herr, 32 Jahre alt, einnehmendes Äußere, wohlhabend, der sich in der Nähe von Berlin ankaufen will, sucht, des Alleinseins müde, Lebensgefährtin. Reflektiert wird auf gut erzogene Dame, die einem liebevollen, charakterfesten Mann eine treue, brave Gattin sein will. Etwas Vermögen erwünscht. Freundliche Anträge unter "Idylle an der Havel" an den "Generalanzeiger".

"Jawohl," schrie Fräulein Lieblein erregt auf, "das ist die Annonce! Idylle an der Havel, so hat die Chiffre gelautet! Wissen Sie, dieses 'Idylle an der Havel' hat mich so eigentümlich berührt und ich dachte mir, daß an der Seite des netten, blonden Herrn ein Mädchen doch ein rechtes Glück finden könnte. Ich wurde sogar ein wenig traurig damals —".

Fräulein Lieblein schwieg plötzlich verschämt und Krause ließ aus seinen grauen, kühlen Augen einen Blick voll Mitleid über das hagere, eckige, reizlose Mädchen gleiten.

Bald war auch das Manuskript der Annonce mit Hilfe des Druckereileiters herbeigeschafft. Enttäuscht hielt Krause den beschmierten, zerknitterten Bogen, der mit Schreibmaschinenschrift ausgefüllt war, in der Hand.

"Viel weiter bin ich nun eigentlich doch nicht gekommen. Immerhin, ein Faden, der nach rückwärts läuft. Und etwas könnte man ja versuchen. Fräulein Lieblein, ich werde jetzt den Text einer Annonce aufsetzen, die morgen erscheinen soll. Viel nützen wird es ja nicht; was ich tue, ist eigentlich recht plump, aber man kann nicht wissen, mitunter begehen auch die raffiniertesten Verbrecher die größten Dummheiten."

Fräulein Lieblein gelobte Stillschweigen über alles, was sich etwa ereignen wurde, und im nächsten Morgenblatte des "Generalanzeigers" erschien folgende, von Krause verfaßte Anzeige unter der Überschrift "Idylle an der Havel":

Habe auf Annonce unter obiger Chiffre, die am 2. Juni erschienen ist, geantwortet, mein Brief wurde aber nicht behoben. Bitte nunmehr, da mich für geeignete Person halte, Brief unter "Blondes Gretchen", Postamt Dorotheerstraße, zu beheben.

Der blonde Herr mit dem Kneifer

Von acht Uhr morgens bis in die späten Nachmittagsstunden stand am anderen Tage Krause mit einer Briefträgerkappe auf dem Kopf vor dem Postlagerschalter in der Dorotheerstraße. Es ist durchaus nicht so einfach, sieben, acht Stunden in einem engen, muffigen Raum müßig dazustehen und auf etwas zu warten, was vielleicht, sogar wahrscheinlich gar nicht geschehen wird. Die Hoffnung schwindet in solchen Fällen mit jeder schleichenden Minute, und jeder erfahrene Kriminalist weiß, daß mit derartigen Aufgaben nur besonders pflichttreue, zähe, disziplinierte Leute betraut werden dürfen. Joachim von Dengern war von Natur aus sicher nicht besonders zähe und auch kein Pflichtenfanatiker, aber die drei furchtbaren Jahre im Zuchthaus hatten ihm Selbstbeherrschung und Geduld genug anerzogen. Denn für den, der noch nicht verkommen ist, der vom Leben noch etwas will, bedeutet ja Gefängnis nichts als ein qualvolles Warten, ein Zählen der Minuten und Stunden und Tage und wieder Warten, Warten, nichts als Warten.

Gegen fünf Uhr, als Krause doch schon fühlte, wie er apathisch und stumpf wurde, betrat ein Herr das Postamt, der sich scheu nach links und rechts umsah.

Krause fuhr zusammen, sein Herzschlag setzte fast aus. Der Herr, der den Raum betreten hatte und nun vor dem Postlagerschalter stand, war groß, schlank, sommerlich gekleidet, blond und hinter Kneifergläsern lugten große, blaue, ein wenig verwundert dreinblickende Augen ängstlich hervor.

Krause stellte sich dicht neben ihn, kramte in der umgehängten Tasche, als würde er nach irgendwelchen Poststücken suchen, er sah, wie der blonde Herr dem Beamten einen Zettel hinschob, auf dem die Worte „Blondes Gretchen" standen. Der Beamte, der unterrichtet war, tat, als würde er im Fach suchen, sagte „nichts da", der Herr zog eilig wieder ab, gefolgt von Krause, der rasch die Tasche abgeworfen und die Kappe mit einem Strohhut vertauscht hatte.

***

Der Blonde ging mit überraschen, schlenkernden Schritten einher, wie sie Leuten oft eigen sind, die beim Gehen stark denken und ihrer Phantasie freien Lauf lassen. Krause, der etwa dreißig Schritte hinter ihm blieb, stellte fest, daß die Bewegungen des Verfolgten bei aller nervösen Fahrigkeit doch harmonisch und sympathisch wirkten. Und unwillkürlich gedachte er des einstündigen Spazierganges im Hof des Zuchthauses, dieses Ganges in der Runde, der durch drei Jahre bei jedem Wetter tagtäglich absolviert werden mußte, immer neben, hinter, vor denselben Sträflingen. Damals hatte er sich Erkenntnis der Menschen nach ihrer Art zu gehen zurecht gelegt und oft genug herausgefunden, daß der Schritt, die Körperhaltung beim Gehen, das Federn im Knie oft mehr zu sagen hatten, als das Gesicht, das durch äußerliche Erlebnisse unabhängig vom wahren Wesen stark beeinflußt wird. Wie edel und weich waren die Bewegungen jenes Mannes gewesen, der zwölf Jahre wegen Ermordung seiner Frau zu verbüßen hatte, und wie viel reine Menschengüte, christliche Denkungsart hatte Dengern später bei ihm im gemeinsamen Schlafsaal entdeckt. Ein anderer Häftling hatte Joachim von Dengern durch das Schleichende, Katzenartige seiner Bewegungen mit Ekel erfüllt, später lernte er ihn als ungemein gefälligen, liebenswürdigen Kameraden kennen, noch später aber wurde er als Denunziant, der seine Unglücksgenossen geringfügiger Vorteile halber verriet, entlarvt.

Dieser blonde Mann vor ihm nun hatte die Bewegungen eines Menschen, der sich schwer verstellen kann, allerdings auch nicht überreich an konventionellen Hemmungen und ein wenig unbedenklich ist.

Der Blonde bog in die Friedrichstraße ein, die er nordwärts ging. Krause folgte ihm mit äußerster Vorsicht. Immer rascher schritt der Blonde vorwärts, um schließlich in die Elsässerstraße einzuschwenken. Und nun spielte sich ein merkwürdiger Zwischenfall ab. An der Ecke der Elsässer- und Novalisstraße stieß der Blonde mit einer Frau zusammen, die zwei Kinder, einen Knaben von etwa fünf und ein um ein Jahr jüngeres Mädchen führte. Sie tat es aber in jener rücksichtslosen Weise, die gemieteten Personen Kindern gegenüber oft eigen ist; die Kinder waren müde, wurden mehr geschleift als geführt, die Sonne brannte unbarmherzig auf sie nieder, und gerade als der Blonde des Weges kam, begann der kleine Junge jämmerlich zu weinen und weigerte sich, weiter zu gehen. Die Frau, statt ihn gütlich zu beruhigen, gab ihm einen Schlag ins Gesicht, worauf das Kind noch lauter weinte, während das Mädchen mit entsetzten, weit aufgerissenen Augen dastand, um wohl im nächsten Augenblick auch loszuheulen. Der blonde Mann unterbrach sein Dahinstürmen, beugte sich zu dem Knaben, hob ihn hoch empor, setzte ihn auf den Arm und sprach so lustig und zärtlich auf ihn ein, daß sich das Kind sofort beruhigte und vergnüglich lachte. Das kleine Mädchen aber, entweder erschreckt über den Vorgang oder eifersüchtig, begann nun seinerseits jämmerlich zu heulen, und zwar gerade in dem Augenblick, als Krause auf die Gruppe gestoßen war. Und unwillkürlich tat Krause dasselbe wie der von ihm verfolgte Mann, er nahm die Kleine auf den Arm, streichelte ihr die heißen, feuchten Haare aus dem erhitzten Gesicht und beruhigte sie. Inzwischen hatte auch die Frau ihre Haltung wieder gefunden, sie nahm den Herren die Kinder ab, tat gegen sie zärtlich und setzte ihren Weg langsam fort. Krause und der Blonde aber waren, jeder ein Kind auf dem Arm, einige Sekunden einander gegenüber gestanden, hatten einander gemessen und unwillkürlich verlegen angelacht.

Damit war das kleine Zwischenspiel beendet und Krause nahm wieder die Jagd hinter dem Unbekannten auf, der unter dem zermalmenden Verdacht stand, arme Frauen beraubt und ermordet zu haben.

Es ging nun die Novalisstraße hinunter und der Blonde verschwand knapp vor der Ecke der Tieckstraße in einem großen, altmodischen Miethaus echt berlinerischer Art. Krause wartete einen Augenblick, dann sprang er rasch in den dunklen Hausflur, kauerte auf der ersten Stufe nieder und legte das Ohr an das Treppengeländer. So — nun hatte der Mann die erste Treppe hinter sich, ging einige Schritte eben und dann wieder treppaufwärts. Wieder eben und wieder aufwärts. Jetzt hörte Krause genau elf Schritte, die der Mann nach rechts zurücklegte. Nun blieb er stehen, Krause vernahm mit überempfindlichen Ohren das Klirren eines Schlüsselbundes, das Öffnen und Zuschlagen einer Tür, Also wohnte der Mann drei Treppen hoch, elf Schritte nach rechts von der Treppe entfernt. Wieder hieß es warten. Wer weiß wie lange, vielleicht bis spät abends, vielleicht auch vergeblich, wenn der Mann schon zu Hause blieb. Krause überlegte. Wäre es nicht am einfachsten und sichersten, rasch nach dem nächsten Revier zu laufen, mit zwei handfesten Polizisten wieder zu kommen und den Kerl einfach zu verhaften? Krause lächelte dünn und ließ tausend Fältchen im Gesicht entstehen und vergehen. Nein, das wäre eben zu einfach, zu polizeimäßig gewesen! Der Mann würde ihm nicht entgehen, dachte gar nicht an Flucht, fühlte sich wahrscheinlich höchst sicher, trotzdem er heute eine pyramidale Dummheit gemacht. Eine solche Dummheit, daß — Krause lachte halblaut vor sich hin. Nein, der lief ihm durchaus nicht davon! Und außerdem: Er war sicher Junggeselle. Was aber sollte einen Junggesellen veranlassen, an einem heißeen Tag zu Ende August noch vor sechs Uhr in seiner Bude zu bleiben? Man konnte ruhig riskieren, zu warten.

Unauffällig promenierte er die durchaus nicht sehr unterhaltsame Novalisstraße entlang, das Haus Nummer 10 dabei nicht aus dem Auge lassend. Einst beste Berliner Gegend, später kleinbürgerlich, heute fast restlos proletarisiert, war diese Straße von Kindern, schimpfenden Frauen, von Staub und üblen Gerüchen erfüllt. Eine Straße im Niedergang, irgendwie traurig und trostlos, wie verkommene Frauen, von denen man weiß, daß sie einstens glanzvolle Tage gesehen.

Krause war heute entschieden vom Glück begünstigt. Bevor noch eine halbe Stunde um war, erschien der Blonde wieder. Der Detektive, der gerade noch in ein Haustor hatte springen können, stellte fest, daß der Mann sich die staubigen Schuhe gereinigt, einen anderen Schlips umgenommen und unternehmungslustig einen Spazierstock schwang. Daraus war mit einiger Sicherheit zu schließen, daß er den Abend frei vor sich hatte und ihn durchaus nicht zu Hause in der Elsässerstraße verbringen würde. Diesmal folgte Krause nicht, sondern wartete das Verschwinden des Blonden ab, um dann ruhig das Haus Nummer 10 zu betreten, zwei Treppen hinauf, dann elf Normalschritte nach rechts zu gehen. Und richtig stand er nun vor einer Wohnungstür, die zwei Namen aufwies.

Der eine auf einer Emailtafel lautete Wilhelmine Armbruster, der andere war auf einer Visitenkarte zu lesen, auf der es hieß:

Thomas Hartwig, Schriftsteller.

Ein wenig verwundert, einige Beklommenheit in der Brust stand Krause still. Schriftsteller — mag sein — der Gang, das Äußere widersprachen dem nicht! Aber was und wo schrieb dieser Schriftsteller, dessen Namen noch nie an sein Ohr geklungen? Und doch las Krause viel, sehr viel sogar, war in der Leihbibliothek abonniert, kramte oft stundenlang bei Buchhändlern herum, legte mehr Geld, als er eigentlich durfte, in Büchern an.

Mit kurzem Entschluß zog er die altmodische Glocke, worauf ein scheppernder Ton die Stille unterbrach. Aber nichts rührte sich, auch als er zum zweiten- und drittenmal den Glockenzug in Bewegung setzte.

Ärgerlich wollte er sich entfernen, da ersichtlich niemand in der Wohnung war. In diesem Augenblick wurden Schritte auf der Treppe laut und schon stand eine behäbige ältliche und unwahrscheinlich unmodern gekleidete Frau vor ihm. Sie musterte den Fremden und fragte dann:

"Sie wollten man wohl den Herrn Doktor Hartwich aufsuchen? Der kommt vor elf nicht nach Hause!"

Dabei zog sie umständlich die Schlüssel aus ihrer großen Handtasche und sperrte die Tür auf. Krause, über diese Wendung höchst vergnügt, lüftete mit betonter Artigkeit den Hut.

"Nein, ich wollte Frau Armbruster sprechen."

"Bin ick selbst!"

"Mein Name ist Hauler, Ernst Hauler aus Neu-Strelitz."

"Sehr erfreut! Bitte man mit hereinzukommen."

Sie standen nun in dem üblichen finsteren, altdeutsch eingerichteten, mit neckischen Sprüchen bestickten und verzierten Berliner Zimmer; Frau Armbruster steckte eine Gasflamme an, ließ den Herrn Hauler Platz nehmen. "Wat verschafft mir det Vergnüjen?"

Krause räusperte sich, bevor er loslegte. "Ich komme nämlich aus Neu-Strelitz, wo ich wohne. Auf der Bahn hat mir ein Herr auf meine Frage mitgeteilt, daß ich bei Ihnen ein Zimmer haben könnte. Er selbst hat einmal hier gewohnt und Ihre Sauberkeit besonders gelobt. Und wissen Sie, Sauberkeit, das ist bei mir das halbe Leben und deshalb bin ich hergekommen."

Frau Armbruster zupfte geschmeichelt an ihrer Bluse.

"Jawoll, Sauberkeit, dafür kann ick garantieren! Der Herr wird wohl der Herr Richter jewesen sein, der was einmal vor zwei Jahren bei mir jewohnt hat. Lustiger Bruder, aber — na, man soll nischt Schlechtes über seine Mitmenschen sagen. Nu hat aber das Zimmer, das er jehabt hatte, der Herr Hartwich und es tut mir leid, Ihnen nicht dienen zu können."

Krause zeigte sich tief betrübt, ließ aber nicht locker.

"Liebe Frau Armbruster, ich brauche ja gar kein Zimmer zum Wohnen. Ich bin bloß zwei- oder dreimal wöchentlich in Berlin, komme immer vormittags aus Strelitz an und fahre mit dem letzten Zug wieder zurück. Und da brauchte ich eben einen Raum, wo ich meine paar Briefe schreiben und vielleicht nach Tisch ein Nickerchen machen könnte. Nichts brauche ich als einen Schreibtisch, wie er hier steht, und so eine Chaiselongue, wie sie auch hier ist. Und zahlen würde ich auch sehr gut, weil das Geschäftsspesen sind, die nicht aus meiner Tasche gehen."

Das ohnedies breite Gesicht Frau Armbrusters wurde noch breiter.

"Ja, det ließ sich woll machen! Ich selbst jehe um acht Uhr morjens fort und komm' erst um diese Zeit wieder zurück, weil ick in Feinwäscherei beschäftigt bin. Also, da könnten Sie den janzen Tach sich hier im Zimmer aufhalten."

Die pekuniäre Seite der Frage war rasch und zur vollen Zufriedenheit der Witwe Armbruster erledigt, sie bekam gleich für die nächsten zehn Besuche das ausbedungene Geld und händigte dafür dem Herrn Hauler aus Neu-Strelitz den Wohnungsschlüssel ein.

Im Literaten-Café

"Abend, Herr Inspektor!" "Abend, Herr Krause!" "Heil dem Sherlock Holmes von Berlin und Umgebung!"

Ein halbes Dutzend Hände streckten sich Krause entgegen und er ließ sich lächelnd an dem Tisch der Journalisten im Romanischen Cafe nieder. Es ging schon auf Mitternacht und aus verschiedenen Zeitungsbureaus kamen die Zeitungsmenschen angeschwirrt, um jetzt endlich, wenn die Bürger an das Bett dachten, ein wenig zu leben und die aufgekratzten Nerven zu beruhigen. Krause war an dem Tisch ein seltener, dafür um so lieber gesehener Gast, er verstand fesselnd aus seinem Berufsleben zu erzählen, auch die Nichteingeweihten witterten in ihm einen Menschen von Klasse und Erziehung und außerdem machte er mitunter dem einen oder anderen Redakteur dieser oder jener Zeitung Mitteilungen, die man als Tagessensation gut verwerten konnte.

Der dicke, kleine Rot von der "Lokalpresse" bemächtigte sich sofort des Polizeibeamten, den man gewöhnlich per Herr Inspektor titulierte.

"Sagen Sie einmal, Herr Inspektor, wann wird unsere sehr verehrliche Polizei nun eigentlich den Frauenmörder erwischen? Oder will man warten, bis er sämtliche alten Jungfern von Berlin umgebracht hat?"

Kunzendorf von der "Mittagspost" warf tadelnd ein:

"Sie sind zynisch, Herr Kollege, man scherzt über solch gräßliche Dinge nicht! Außerdem belieben Sie aber auch taktlos zu sein, da Sie doch ebensogut wie wir alle wissen, daß Herr Krause selbst die Nachforschungen in diesem Falle fuhrt."

Krause wehrte lächelnd ab.

"Bitte sich keinen Zwang aufzuerlegen! Ich fürchte selbst, daß wir uns blamieren werden, denn noch niemals in meinem Leben habe ich so wenig Anhaltspunkte gehabt, wie diesmal. Ja, wenn wir Näheres über die verschwundenen Mädchen wüßten, wäre es nicht so schwer, Fäden aufzudecken, die zu dem Mörder führen. Aber es ist nicht ein Sterbenswörtchen über diese Möllers, Müllers und Cohens zu erfahren und wir laufen einem "Irgendjemand" nach, der blonde Haare hat und einen Kneifer trägt. Könnten Sie auch sein, Herr Doktor König!"

Tatsächlich war Herr Dr. König vom Abendkurier" schlank, blond und trug einen Kneifer. Alles lachte, am meisten Dr. König selbst. Nun kam der in ganz Berlin bekannte Fritz Waldstock vom Berliner "Herold", ein kleiner, älterer Herr mit grauen Locken, recht schäbig gekleidet und doch der geschickteste Interviewer und Reporter, berühmt wegen seines fabelhaften Gedächtnisses und der unübertrefflichen Personenkenntnisse. Er war fähig, auf einem Ball, bei einer Sensationspremiere oder in Hoppegarten eine fehlerlose Liste von tausend anwesenden Persönlichkeiten zusammenzustellen, wobei er bei keiner Person den Vornamen und die genaue Titulatur vermissen ließ. Das Gespräch wurde allgemein und lebhaft, jeder erzählte von berühmten

Verbrechen, Justizirrtümern und aufregenden Prozessen, bis Krause das Gespräch geschickt auf neuerschienene Bücher lenkte. Plötzlich griff er sich an die Stirne und rief:

"Neulich habe ich irgendetwas von einem gewissen Thomas Hartwig gelesen! Ich weiß nicht mehr, war es ein Roman, eine Novelle oder ein Feuilleton, jedenfalls hat es mir sehr gefallen! Himmel, wenn ich mich nur entsinnen könnte, was es gewesen ist!"

Waldstock fuhr mit der ungepflegten Hand durch seine grauen Haare, daß die Schuppen über den Tisch flogen.

"Lieber Krause, wenn Sie etwas nicht wissen, so müssen Sie sich immer an mich wenden! Thomas Hartwig ist ein netter, junger Mann, der wirklich ganz hübsche Sächelchen, so Essais und andere Überflüssigkeiten schreibt. Halt, vor einiger Zeit hat er auch einen dickleibigen Roman, den Titel kenne ich allerdings nicht, bei irgend einem obskuren Verlag in der Provinz erscheinen lassen. Übrigens schreibt er auch hier und da für den Berliner "Herold", und wenn Sie wollen, so werde ich unsere Redaktionssekretärin, die Lotte Fröhlich, fragen. Wenn ich nicht irre, so hat sie ein kleines Techtelmechtel mit ihm, wenigstens habe ich die beiden einigemal zusammen in einem Kaffeehaus gesehen."

"Bemühen Sie sich nicht, Herr Waldstock, ich habe ohnedies morgen oder übermorgen beim "Herold" zu tun und da kann ich ja selbst fragen. Übrigens ist es so wichtig nicht!"

Krause ging bald, er hatte heute mehr erfahren, als er noch gestern zu hoffen gewagt hätte und er war müde, todmüde und sehnte sich nach seinem stillen, ruhigen Zimmer in Wilmersdorf und der guten frischen Luft, die durch die offene Balkontür seinen Schlaf stärken und friedlich gestalten würde.

Lotte Fröhlich

"Menschenkind, greifen Sie doch zu, vertrödeln Sie die Zeit nicht! Nicht nur, daß der Präsident täglich Bericht verlangt und wegen verschiedener Zeitungsangriffe nervös geworden ist. Aber stellen Sie sich vor, wie Sie und ich dastünden, wenn der Kerl doch noch irgendwie Wind bekommen und verduften würde!"

Dr. Clusius war sehr aufgeregt, Krause ruhig wie immer. Er ließ sich nicht beirren.

"Nein, Herr Doktor, ich muß Sie schon bitten, mich nicht zu drängen. Ich allein trage die Verantwortung; meinen Kopf als

Pfand dafür, daß Hartwig an Flucht gar nicht denkt. Bevor ich Hand auf ihn lege, will ich erst genau wissen, was und wie dieser Mann eigentlich ist, muß seine geistige Beschaffenheit ergründet haben und die Triebe, die ihn zu solch grauenhaften Verbrechen zwangen. Übrigens — vielleicht ist er es gar nicht und dann wäre die Blamage recht peinlich, denn wenn auch nur ganz entfernt, so gehört er doch zum großen Zeitungsgetriebe und der "Herold" würde nicht übel brüllen, wenn wir einen seiner sogenannten geschätzten Mitarbeiter des fünffachen Mordes verdächtigen wollten."

Dieses Argument gab den Ausschlag. "Gut, Krause, ich verlasse mich also wieder einmal ganz auf Sie, sage dem Präsidenten nur, daß wir Fährte haben und rechne auf einen Riesenerfolg der Polizei. Na, Ihr Schade soll es auch nicht sein! Diesmal werde ich ohne Schwierigkeit durchsetzen, daß Sie Titel und Rang eines Kriminalkommissärs bekommen. Und dann wird sich ja wohl ausgekrauset haben und der Herr Kriminalkommissär wird Doktor von Dengern heißen!"

Krause konnte sich mit bestem Willen nicht einmal zu einem geschmeichelten Lächeln zwingen im Gegenteil, die senkrechte Stirnfalte vertiefte sich, so daß sie das Gesicht teilte. Er ging mit korrektem Gruß, draußen aber schüttelte ihn der Ekel vor seinem Beruf.

"Also wird wieder einmal das Unglück des einen das Glück des anderen sein! Hohe Prämie für einen Herzschuß! Fiat justitia, pereat mundus! Allerdings — fünf Frauen umbringen, damit einen das eigene Elend, etwas weniger zwickt — unglaubhaft, grotesk, abscheulich. Vor allem nicht zurechnungsfähig. Wer weiß, was dieser Hartwig erlebt hat, wenn er überhaupt — Na, werden ja sehen!"

Krause saß in dem elegant eingerichteten Warteraum des Berliner "Herold" und blätterte die letzten Monatsbände durch, in denen er hier und da, selten genug, im kleinen Feuilleton auf eine kurze Abhandlung stieß, die mit T. H—g gezeichnet war. Kluge, geistvolle, tiefschürfende Glossierungen einer Zeitfrage, eines Ereignisses. Humor, Verstandesschärfe, Herzensgüte wurden aus den kurzen, prägnanten Sätzen laut. Krause zog die Augenbrauen hoch. Da stand ja ein Satz, der nach persönlicher Empfindung und Beleuchtung des eigenen Inneren schmeckte.

"Oft mag es ein spielerischer, scherzhafter, angeflogener Gedanke sein, der bestimmend für das Leben ist, zum Apostel, Mörder, Märtyrer oder Räuber macht. Ein unmeßbares und unwägbares Samenkorn fliegt ins Hirn und geht zu mächtiger, fruchtbringender oder verderbenerregender Saat auf — —"

Ja, mein Junge, sprach Krause in sich hinein, du gehst zu rasch, gestikulierst, schlenkerst mit den Beinen, bist ein Unwirklichkeitsmensch und Phantast. Wehe, wenn die die solide Landstraße verlassen. Krause ließ sich zur Redaktionssekretärin Fräulein Lotte Fröhlich führen. Stand vor einem entzückenden jungen Mädchen, dessen goldbraune, gescheitelte Haare eine schneeweiße Stirne von köstlicher Reinheit umrahmten. Der eigenwillige, üppige Mund ließ mit seiner ein wenig zu kurzen Oberlippe beim Sprechen tadellose, kräftige Zähne sehen, die großen, graublauen Augen mochten wohl oft, nach Stimmung und Beleuchtung, die Farbe wechseln und konnten sicher ebenso brennen, wie sie jetzt kühl und gelassen fragend den Besucher maßen.

"Mein Name ist Karl Recher. Ich bin ein ständiger Leser des Berliner "Herold" und interessiere mich für Ihren Mitarbeiter, der mit T. H—g zeichnet. Wäre es möglich, seinen vollen Namen und seine Anschrift zu erfahren?"

Fräulein Fröhlich errötete, in ihren Augen flackerte ein helles Licht auf, sie lud durch eine Bewegung der schlanken, feinen

Hand den Besucher ein, Platz zu nehmen und erwiderte lebhaft:

"Sicher, der Verfasser dieser Artikel hat durchaus keine Ursache, anonym bleiben zu wollen. Er heißt Thomas Hartwig und wohnt in der Novalisstraße 10."

"Mich fesseln verschiedene Gedanken, die er andeutet und ich möchte ihn gerne kennenlernen. Glauben Sie, daß dies mit Schwierigkeiten verbunden ist?"

"Keineswegs, Herr Recher! Ich bin sicher, daß Hartwig sich freuen wird, Sie kennen zu lernen."

"Nun, dann will ich ihn heute noch aufsuchen. Größere Sachen hat Herr Hartwig wohl noch nicht geschrieben?"

"Oh, doch", antwortete die Redaktionssekretärin rasch. "Vor wenigen Monaten erst ist ein Roman von ihm, er heißt 'Kämpfende Seelen', erschienen. Leider in einem ganz unbekannten Verlag, bei Brüder Merker in Braunschweig, die es nicht verstehen, ein Buch zu lancieren, wohl auch über nicht genügende Mittel verfügen, so daß das Buch fast gar keine Verbreitung finden kann. Übrigens, wenn es Sie wirklich interessiert, ich habe einige Exemplare hier!"

Und schon hatte Fräulein Fröhlich ein Schubfach aufgesperrt und Krause ein Buch in häßlicher brauner Broschierung überreicht.

"Wenn es Ihnen gefällt und Sie Wert darauf legen sollten, so wird Herr Hartwig Ihnen sicher gerne eine Widmung hineinschreiben."

Als Krause sich mit vielem Dank empfohlen, hatte und im Begriff stand, das Zimmer zu verlassen, seufzte das Mädchen tief auf, machte ein besorgtes Gesicht und die großen Kinderaugen wurden fast schwarz.

"Hartwig hat auch ein herrliches Schauspiel geschrieben, ohne daß er es anbringen kann! Er gehört eben nicht zur Clique und hat nicht das Zeug dazu, sich in Szene zu setzen und Protektoren zu finden."

"Sonderbar, da er doch Mitarbeiter des großen, einflußreichen "Herold" ist."

Fräulein Fröhlich zuckte die Achseln. "Mitarbeiter? Sein Verhältnis zum 'Herold' ist ein ganz loses und besteht nur darin, daß man hier und da einen Artikel von ihm nimmt. Und es gibt genug Herren hier, die ihm auch das neiden und sicher in den Theaterkanzleien eher gegen ihn als für ihn arbeiten würden, wenn sie wüßten, daß er ein Stück eingereicht hat."

Krause, die Türklinke schon in der Hand, sagte im Ton ehrlicher Teilnahme:

"Da ist der arme Herr Hartwig wohl gar in mißlichen Verhältnissen?"

Das Gesicht der Jungen Dame wurde steinern. Sie warf den Kopf zurück und sagte mit betonter Zurückhaltung:

"Ich kenne die Privatverhältnisse des Herrn Hartwig nicht!"

Krause aber lächelte auf der Straße vor sich hin und sein Gehirn begann mit fieberhafter Geschwindigkeit zu arbeiten, zu kombinieren und aufzubauen.

"Überführt!"

Es war elf Uhr vormittags, als sich Krause unweit des Bahnhofes Friedrichstraße in eine Kaffeehausecke setzte, um das Buch "Kämpfende Seelen" zu lesen, und vier Uhr nachmittags, als er es beendet hatte. Dann ging er nach der Novalisstraße, um sein Absteigequartier aufzusuchen.

Niemand hielt sich in der Wohnung der Frau Armbruster auf, die Türe zum Zimmer des Herrn Hartwig war unversperrt.

Das typische Berliner möblierte Zimmer. Das übliche Sofa mit Paneel, ein wackeliger Fauteuil, eine Uhr an der Wand, die nicht ging, ein zerschlissener Teppich, immerhin aber ein großer, ansehnlicher Schreibtisch und an den Wänden durchaus nicht die Familienbilder derer von Armbruster, sondern ein paar gute Radierungen, Originale mit handschriftlichen Widmungen an den "lieben Freund", "feinsinnigen Beurteiler" und so weiter. Auf dem Schreibtisch ein rechtes Kunterbunt, im Hintergrund in Glas und Rahmen ein schönes Lichtbild des Fräuleins Fröhlich.

Krause zog sein Taschenmesser, entfernte vom Rücken des Rahmens ein paar Nägelchen, so daß er das Bild herausnehmen konnte. In steiler, fester, eigenwilliger Schrift standen da die Worte:

"Dein für immer! Lotte".

Krause überlegte kurz, ging nach dem Vorraum, sperrte die Wohnungstüre von innen ab und ließ den Schlüssel stecken, so daß Frau Armbruster oder Hartwig bei ihrer etwaigen

Heimkehr hätten läuten müssen. Nun war er vor unwillkommener Störung sicher.

Einem kleinen Lederfutteral entnahm er winzige Werkzeuge und schon war ein Schreibtischfach nach dem anderen geöffnet. Manuskripte, Tabakbeutel, halbleere Zigarettenschachteln, Ansichtskarten, Lichtbilder, Dokumente quollen ihm entgegen. Das unterste, geräumigste Fach aber war angefüllt mit Briefen. Bündelweise lagen sie da aufgestapelt, Dutzende, Hunderte, viele noch uneröffnet, alle an "Idylle an der Havel, Annoncenbureau des Generalanzeiger" gerichtet.

Krauses Gesicht verriet keine Überraschung, kaum daß es in seinen grauen Augen aufblitzte. Gelassen nahm er die Briefe heraus, setzte sich an den Schreibtisch, als wäre er im eigenen Zimmer, begann blitzschnell die geöffneten Briefe auf ihren Inhalt zu prüfen, während er die noch nicht eröffneten beiseite legte. Eine halbe Stunde mochte so vergangen sein, Briefbogen auf Briefbogen flogen auf einen Haufen, alle möglichen und unmöglichen Gerüche entstiegen ihnen, es begann im Zimmer nach Altjüngferlichkeit, Armut, Jammer, Veilchen, Lavendel zu riechen. Und wahrend er las, horchte er auf, vernahm durch die offene Tür jedes Geräusch, jeden Schritt auf dem Treppenflur, immer bereit, innerhalb einer Sekunde wieder alles in Ordnung zu bringen und aus der Stube des Herrn Hartwig in sein gemietetes Berliner Zimmer zu schleichen.

Jetzt erweiterten sich seine Pupillen, gespannt, mit zugespitzten Lippen las er einen Brief durch. Es war der Brief der verschwundenen Käte Pfeiffer. Und in rascher Folge fanden sich nun die Briefe der Müller, Möller, Jensen und Cohen vor. Blaue, grüne, rosa und weiße Papiere, solche in guter Leinenqualität, schlechte, fetzige, wie man sie in den Konditoreien bekommt, ernste, nüchterne und kitschige, abscheuliche mit Tauben oder Vergißmeinnicht verziert.

Dies war der Brief der Annemarie Jensen aus Hamburg:

Verehrter Herr!

Mit Gegenwärtigem erlaube ich mir, auf ihre werte Annonce im "Generalanzeiger" Bezug zu nehmen, indem ich glaube, allen Ihren Anforderungen zu entsprechen. Bin 24 Jahre alt, entstamme einer ordentlichen Hamburger Familie, mein Vater war Kapitän bei Woermann, ist aber ebenso wie meine Mutter längst gestorben, wie ich überhaupt niemanden auf der Welt habe und ganz allein stehe. Würde gerne einem guten Mann eine liebevolle Frau werden und kann wohl behaupten, daß Sie es nicht zu bereuen haben würden. Bin brünett, mittelgroß, wie man sagt, hübsch und habe nebst schöner Aussteuer auch Vermögen in der Höhe von 20.000 Mark, über die ich jederzeit verfügen kann. Da ich ohnedies im Begriff bin, nach Berlin zu fahren, so könnten wir uns bald treffen und dann sehen, ob wir zu einander passen. Bitte mir unter "Lebensglück 24", postlagernd Dorotheerstraße nach Berlin zu schreiben.

Und ähnlich, ganz ähnlich, wenn auch in anderer Schrift und mit anderen Redewendungen schrieb die Möller und die Müller und die Cohen. Sie alle betonten das Alleinstehen, waren überzeugt davon, daß — behaupteten, wie man sagt, hübsch zu sein, sprachen von zehntausend oder zwölftausend oder noch weniger Mark, von Aussteuer und Ersparnissen, von Sehnsucht und Willen zur Treue und zum Glück.

Tiefatmend lehnte sich Krause zurück, bedeckte die Stirne mit der Hand, lächelte sein schiefstes. hämischestes Lächeln, sprang dann auf, steckte die fünf verräterischen Briefe in die Brusttasche, brachte den Schreibtisch in tadellose Ordnung und zog sich leise mit seiner Beute in sein Zimmer zurück, nachdem er die Wohnungstüre wieder aufgesperrt.

Im Zimmer der Frau Armbruster aber ging er mit langen Schritten auf und ab, blieb von Zeit zu Zeit beim Fenster, wenn man die Öffnung in den finsteren Hof Fenster nennen konnte, stehen, betrachtete diesen oder jenen Brief von neuem, schnitt Grimassen, entwickelte unerhörte und überraschende Falten im Gesicht, versank minutenlang in tiefes Brüten, um dann wieder auf und ab zu stelzen.

Bis er hörte, wie draußen die Wohnungstüre mit dem Drücker geöffnet wurde, Männerschritte im Vorraum laut wurden, um im Zimmer des Herrn Hartwig zu verhallen.

Krause wartete eine Minute, nahm dann Hut und Stock, schlich lautlos hinaus, verließ die Wohnung, wartete auf dem Korridor wieder einen Augenblick, zog die Klingel und sagte, bevor noch Herr Hartwig ihm öffnete, in sich hinein:

Das Spiel kann beginnen! — —

Unterhaltung mit einem Mörder

"Ist Herr Thomas Hartwig zu Hause?"

"Bin ich selbst. Mit wem habe ich das Vergnügen?"

"Mein Name ist Recher, verzeihen Sie, wenn ich störe, aber -"

"Oh, Herr Recher! Ich bin ja auf Ihren Besuch vorbereitet, da ich heute mittag zufällig mit Fräulein Fröhlich zusammengetroffen bin. Bitte nur näher zu treten."

Platzanweisung, Zigarettenangebot, das dankend angenommen wird.

"Fräulein Fröhlich hat mir erzählt, daß Sie sich für meine Arbeiten interessieren. Kommt selten vor und ist daher um so schmeichelhafter! Und meinen Roman hat die Dame Ihnen auch angehängt. Na, lesen müssen Sie ihn ja nicht, beim Antiquar werden Sie aber keine zehn Pfennige für ihn bekommen."

Herr Hartwig lachte hell und fröhlich und nicht nur sein Mund lachte, sondern auch seine blauen, kindhaft anmutenden Augen hinter dem Kneifer. Herr Krause aber lachte wesentlich weniger frei, sondern etwas gezwungen mit.

"Übrigens, Herr Recher, irgendwo muß ich Sie schon gesehen haben!"

"Jawohl, auch Sie kommen mir bekannt vor. Halt, sind wir nicht gestern, jeder ein schreiendes Kind auf dem Arm, einander in der Elsässerstraße gegenübergestanden?"

"Richtig, das war es!" Und beide Männer lachten wieder und kamen so sehr gut über die erste Verlegenheit hinweg.

"Ihr Buch hat mich so gefesselt, Herr Hartwig, daß ich es in einem Atemzug gelesen und darüber mein Mittagessen vergessen habe. Diese zwingende Logik, mit der Sie das schwierigste aller Probleme, das Eheproblem, entrollen, die Kühnheit, Hand an Wunden zu legen, die jedermann schmerzen und die jedermann verleugnet, die glänzende Milieuschilderung, die reine, schöne Sprache — alle Achtung! Ich muß nur staunen, daß nicht einer der ganz großen deutschen Verleger das Werk an sich gerissen hat."

Um Hartwigs Lippen zuckte es.

"An sich gerissen, ist gut! Ein Jahr lang ist das Manuskript von einem Verleger zum anderen gewandert, immer bekam ich es mit gleichgültigen Phrasen zurück, glaube nicht, daß einer der vielbeschäftigten Herren Lektoren es auch nur durchgeblättert hat. Schließlich lernte ich durch Zufall die Brüder Merker in Braunschweig kennen, die dort einen kleinen Fachverlag betreiben. Und da beide viel Unglück in ihren Ehen gehabt, so begeisterten sie sich für meinen Roman und nahmen ihn. Aber sie hatten nicht genug Geld, um die enormen Druck- und Papierkosten allein zu tragen, ich mußte den kleinen Rest meines väterlichen Erbteils opfern, damit der Roman in schäbiger Gewandung erscheinen konnte. Und nun liegt er seit einem Jahr unbeweglich beim Kommissionär, kaum daß von den fünftausend gedruckten Exemplaren dreihundert gekauft wurden. Und auch die kann der unglückliche Sortimenter, der sich auf fünfundzwanzig Stück eingelassen hat, wahrscheinlich nicht anbringen. Denn wer soll für ein Buch in solcher Ausstattung, dessen Autor unbekannt ist, einen verhältnismäßig großen Betrag ausgeben?"

Krause nickte. "Pech, entschiedenes Pech! Denn der Roman ist ein Meisterwerk, darüber läßt sich nicht streiten. Spielt Selbsterlebtes dabei mit, wenn die Frage erlaubt ist?"

Hartwigs Gesicht wurde hart und abweisend. "Der Ehekampf im Elternhause, das Unglück meiner einzigen Schwester, die sich das Leben nahm, weil sie die Fessel nicht länger ertragen wollte, schlechte Ehen meiner Freunde — das ist mir genug Erlebnis."

"Also werden Sie wohl zu den ewigen Junggesellen gehören?"

"Ich? Durchaus nicht! Ich wollte, ich könnte recht bald — aber, wenn Sie mein Buch gut gelesen haben, so müssen Sie doch wissen, daß ich kein Feind der Ehe an sich, sondern nur ein Feind der Ehe, wie sie geworden ist, bin! Ein freies Zusammenleben mit voller Achtung der gegenseitigen Unabhängigkeit, Zusammenleben, aber nicht Aneinanderkleben, nicht, mein Mann', sondern 'mein Gefährte', nicht, 'meine Frau', sondern 'meine Freundin' — unter solchen Bedingungen könnte auch eine Ehe zwischen harmonischen, abgeklärten Menschen glücklich sein."

"Fräulein Fröhlich hat mir von einem Schauspiel erzählt, das Sie geschrieben haben?" Hartwig errötete über und über. "Hat die Gute auch darüber gesprochen? Wenn es Sie interessiert, werde ich Ihnen gelegentlich eine Abschrift geben. Das Original liegt derzeit am Kleist-Theater. Das vierte, dem ich es eingereicht habe. Natürlich wird es auch der Direktor des Kleist-Theaters, Herr Hohlbaum, genau so wenig lesen wie die anderen. Im Volkstheater lag das Stück vier Monate; als ich drängte und persönlich vorsprach, lobte der Direktor das Stück über den grünen Klee und erklärte, es unbedingt in zwei oder drei Jahren aufführen zu wollen. Nur hatte, wie ich sofort erkannte, der Kerl mein Stück noch gar nicht gelesen, sondern meinte ein ganz anderes. Hätte ich genügend Geld, so würde ich das Stück, es heißt 'Drei Menschen', auf meine Kosten irgendwo in einem besseren Provinztheater herausbringen lassen. Na, vielleicht wird sich das machen lassen!"

Krause wurde schwankend, kannte sich nicht aus, Mitleid, Sympathie, Grauen durchströmten ihn. Motiv zur ruchlosen Tat der Auslöschung von fünf Menschenleben? Ehrgeiz, Geltungssucht, Drang zu werden um jeden Preis. Machen es Feldherren anders? Und doch — so geht es nicht! Keine Sentimentalität, sondern Rächer sein, wie es im angenommenen Namen liegt.

Und nun zugreifen!

"Herr Hartwig, in einem Ihrer Feuilletons, noch stärker aber in Ihrem prachtvollen Roman deuten Sie verwegenes Denken an. Das Recht des Wertvollen, über der Menge Stehenden, sich durchzusetzen. Um jeden Preis, auch über Leichen hinweg. Ist das nicht rein persönlich gedacht? Sie sind ein Seltener, Wertvoller. Und in Gefahr, zugrunde zu gehen, weil Ihnen zu viel des Minderwertigen und Widerwärtigen entgegensteht. Sie sind einer, der an Wert sicher Legionen Unzulänglicher, Belangloser aufwiegt. Wären Sie imstande, aus solchem Bewußtsein die Konsequenzen zu ziehen? Sagen wir zum Beispiel, Menschen umzubringen, wertlose, lächerlich überflüssige Menschen, weil deren Tod Ihnen materielle Vorteile brächte?"

Hartwig verfärbte sich. Ein tückischer, hilfloser Zug trat in sein hübsches, offenes Gesicht, er schielte und die Augen flackerten unruhig.

"Ich verstehe nicht recht, was Sie da meinen," kam es stoßweise, gekeucht heraus.

"Sie verstehen mich nicht, Herr Hartwig? Nun, ich meine, ob Sie sich wirklich das Recht, das höhere, sittliche Recht zusprechen, fünf oder vielleicht mehr arme, dumme Frauen umzubringen, um Ihr Drama in der Provinz aufführen lassen zu können?"

Hartwig sprang auf, umklammerte die Stuhllehne, stierte Krause an, heiser kam es aus seiner Kehle:

"Was soll — wer sind Sie — was bedeutet —"

"Das bedeutet, daß ich Sie verhaften muß Herr Hartwig, obwohl mir Ihr Roman wirklich ganz außerordentlich gefallen hat und ich wirklich nicht genau weiß, ob nicht am Ende Ihr Drama wertvoller ist als die fünf Mädchen, die Sie an sich gelockt, ermordet und beraubt haben!"

Totenstille! Zwei Männer standen einander gegenüber und sahen sich in die Augen. Hartwig richtete die zusammengesunkene Gestalt hoch auf.

"Tun Sie Ihre Pflicht, ich gehe ruhig mit Ihnen, Herr, Herr — —"

"Nein, nicht Recher, sondern Inspektor Krause! Die kleine Komödie war mir selbst widerwärtig, aber durchaus notwendig. Und nun, bitte, nehmen Sie Ihren Hut und gehen Sie mir voran."

Hartwig zögerte, sah wie geistesabwesend vor sich hin.

"Sagen Sie, ich kann mich doch im Untersuchungsgefängnis selbst beköstigen und meine eigenen Sachen tragen?"

"Jawohl, Herr Hartwig, das können Sie! Bis zu Ihrer Verurteilung sind Sie Gentleman und sozusagen ein ordentlicher Staatsbürger in einer Zelle. Ich würde Ihnen raten, gleich eine Tasche mit den notwendigen Sachen mitzunehmen. Wir benützen natürlich ein Autotaxi."

Während Hartwig wortlos einen kleinen Handkoffer füllte, glitten die Gedanken Krauses um viele Jahre zurück. Oh, wie er diese Angst verstand, diese Angst vor Sträflingskittel, Zwangsbädern, Erbsbrei und Kartoffelsuppe! Nicht die Haft, das Zuchthaus, die körperliche Arbeit, die Entehrung sind ja das Fürchterlichste, sondern die Filzschuhe an den Füßen, das grobe, fremde Hemd, das "Du" des Wärters, der Blechtopf mit dem zerbeulten Löffel, der Unratkübel. Gesetzgeber, ihr wollt strafen, um zu rächen und zu bessern und macht aus Menschen mit Fehlern verzweifelte Tiere, Bestien in dem Augenblick, da ihr brutal die Nabelschnur zerreißt, die den Gestrauchelten mit seinem früheren Leben verbindet. — —

Auf vorsichtige Fragen, die Krause im Auto stellte, gab Hartwig keine Antwort, kniff die Lippen zusammen, als wollte er sie nie wieder öffnen. Nur im letzten Augenblick, als der Alexanderplatz schon in Sicht war, sagte er heiser:

"Herr Krause, irgendwie strömt Ihre schäbige Detektivseele doch Menschliches aus. Und an dieses Menschliche wende ich mich mit einer Bitte: Zerren Sie das reinste Geschöpf der Welt nicht mit herein, lassen Sie Lotte Fröhlich aus dem Spielt"

Krause nickte, während die Fältchenflut in seinem Gesicht aufstieg.

"Ich verspreche Ihnen das gerne — es sei denn, daß Lotte Fröhlich vom Wirbel der Ereignisse automatisch erfaßt wird."

Dr. Clusius mimte Napoleon nach einer gewonnenen Schlacht, kreuzte die Arme über der Brust, sah Hartwig durchbohrend an, schritt auf und ab, ohne ihn aus den Augen zu lassen, mit denen er ihn erstechen wollte, und wartete auf den köstlichen Moment, da der Gewaltige, der Präsident, kommen würde. Und dieser kam aufgeregt; Serenissimus mit Hakennase und Monokel, zehn bunte Bändchen am Aufschlag des Gehrockes, begrüßte beinahe kameradschaftlich den Chef der Sicherheitspolizei, betrachtete wohlwollend den seltsamen Krause, der ihm eigentlich nach Geburt gleichberechtigt war, finster den Verhafteten, sagte "Tach!" zum Protokollschreiber, und das erste Verhör begann.

Es wurde aber eigentlich gar kein Verhör. Hartwig erklärte kurz und bündig, Thomas Hartwig zu heißen, zweiunddreißig Jahre alt zu sein, in Köln als Sohn des verstorbenen Gymnasialprofessors Wilhelm Hartwig geboren, bisher unbescholten, evangelisch und im großen und ganzen mittellos und ohne feste Stellung zu sein. Dann aber:

"Und nun, meine Herren, bitte ich Sie, sich keine Mühe mehr zu geben, da ich keine weitere Frage beantworten werde. Nicht einmal die, ob ich schuldig oder unschuldig bin. Später, vor meinen wirklichen Richtern, werde ich mich vielleicht — ich weiß es heute noch nicht — äußern, bis dahin müssen Sie aber auf jedwede Unterhaltung mit mir verzichten."

Der Präsident donnerte, Clusius schwitzte Blut, Krause lehnte gleichgültig, als ginge ihn die ganze Geschichte nichts an, an der Wand — es war alles vergebens. Worte wie "frecher Geselle", "Flötentöne beibringen", "Mordbube" fielen, ohne daß Hartwig auch nur mit der Wimper gezuckt hätte. Schließlich verlegte sich Clusius aufs Bitten.

"Hartwig, das Beweismaterial gegen Sie ist erdrückend, also halten Sie uns nicht unnütz auf! Die Briefe der fünf verschwundenen Mädchen wurden bei Ihnen gefunden, damit allein sind Sie schon vollständig überführt. Gestehen Sie ruhig ein, entlasten Sie Ihr Gewissen, das kann Ihnen, wenn es sich einmal um Umwandlung der Todesstrafe handelt, von Nutzen sein."

"Bedauere," sagte Hartwig höflich und schwieg.

Das Fräulein aus dem Annoncenbureau des "Generalanzeigers" erschien aufgeregt, erkannte in Hartwig sofort den Herrn, der anfangs Juni Annonce aufgegeben und die Antworten abgeholt hatte. Hartwig blieb stumm. Die

Frauen, bei denen die Mädchen gewohnt, der Portier kamen und identifizierten Hartwig. Es blieb schließlich nichts anderes über, als ihn abführen und nach einer Zelle bringen zu lassen. Während aber die beiden hohen Beamten sich noch immer über die bodenlose Frechheit des Häftlings aufregten, schlich Krause den Polizisten nach und gab dem Aufseher des Polizeigefangenhauses Auftrag, Hartwig eine saubere, anständige Zelle zu geben, ihn allein zu lassen und seinen Wünschen, soweit es möglich sei, gerecht zu werden.

Es war inzwischen spät nachts geworden und Dr. Clusius begnügte sich für heute damit, durch einen Laufzettel die Berichterstatter sämtlicher Berliner Zeitungen für den nächsten Morgen zu sich zu bitten.

Die Mitteilungen über die Verhaftung des Schriftstellers Thomas Hartwig als vermutlichen Mörder der fünf Mädchen schlugen wie eine Bombe ein. Clusius gab einen kurzen Überblick über den Gang der Ereignisse, betonte, daß er und sein geschätzter Mitarbeiter Herr Krause noch nie vor einer so schwierigen Aufgabe gestanden wären, sagte bescheiden lächelnd: "Wir beide mußten unsere ganze kriminalistische Erfahrung, alles, was an "Witterung und Instinkt in uns liegt, zu Hilfe nehmen, um die Fährte des Mörders zu entdecken, und ich darf wohl behaupten, daß ich darüber manche schlaflose Nacht zugebracht habe."

Zum Schluß aber machte er eine weitere sensationelle Mitteilung:

"Herr Krause, der, wie viele von Ihnen wohl wissen dürften, eigentlich Joachim Freiherr von Dengern heißt und Doktor der Rechte ist, wurde von dem Posten eines Vertragsbeamten der Kriminalpolizei enthoben und zum königlich preußischen Kriminalkommissär ernannt."

Schon die Mittags- und Abendblätter veröffentlichten seitenlange Artikel, die Sensation und Aufregung war ungeheuer, den Zeitungsverkäufern wurden die Blätter aus den Händen gerissen, auf den Straßen bildeten sich Gruppen, die den einzig dastehenden Fall besprachen, und abends trug im Metropole-Theater der beliebte Berliner Stegreifhumorist Adolfo Butterblum die Geschichte des Blaubartes von Berlin in Balladenform halb schaurig, halb pikant, mit einigen politischen Andeutungen gewürzt und erotisch durchdacht, vor. Aber die eigentliche Sensation begann erst. Die wahre Sensation war ja der Roman "Kämpfende Seelen". Hatte man denn je erlebt, daß ein man denn je erlebt, daß ein waschechter fünffacher Raubmörder einen Roman geschrieben und dieser

Roman sogar als Buch erschienen war? Nein, das war noch nie dagewesen und wieder einmal konnte man sehen, wie dieses Berlin allen anderen Großstädten an Möglichkeiten überlegen ist. Natürlich mußte man im Morgenblatt unbedingt Stichproben aus dem Roman haben und die wenigen Exemplare, die man in Berlin vorfand, wurden von den Berichterstattern sofort angekauft. Aber die Hauptredakteure entwanden den Berichterstattern die Bücher, lasen den Roman wirklich und am nächsten Morgen veröffentlichten kluge, feine Männer Feuilletons über die "Kämpfenden Seelen", zeigten sich erschüttert, bezwungen, erklärten, vor einem psychologischen Rätsel zu stehen. Und der maßgebendste Literaturkritiker von Berlin schrieb:

"Ein Buch, das in gewaltigen Tiefen schürft, ein Buch voll menschlicher Güte und letzter Erkenntnis, ein Roman, von dem man fast sagen möchte, daß seit einem Jahrzehnt kein besserer geschrieben worden ist. Und der Verfasser dieses Romanes soll ein Unhold, ein grauenhafter Verbrecher, ein Räuber und Mörder sein? Welch düsteres Rätsel steckt hinter all dem, welche entsetzlichen Vorgänge müssen sich in dem Herzen und Gehirn dieses Thomas Hartwig abgespielt haben, bevor er aus seiner kühnen, hohen Geisteswelt in die Untiefen des Verbrechens gestiegen ist!"

Für den deutschen Buchhandel begannen welthistorische Tage. Ganz Deutschland, Österreich, die skandinavischen Länder schrien nach dem Roman "Kämpfende Seelen" und als sich die biederen Brüder Merker, die schon längst übereingekommen waren, die ganze Auflage als Makulatur zu verkaufen, von ihrem ersten Schrecken erholt hatten, rafften sie ihren nicht unerheblichen Geschäftssinn zusammen, erhöhten den Buchpreis auf das Dreifache, gaben Druckaufträge an die ersten Leipziger Druckereien, schlossen Verträge mit Expreßübersetzern ab und verkündeten nach einer Woche im Börsenblatt der Buchhändler, daß die ersten hunderttausend Exemplare ausverkauft seien und die geehrten Herren Sortimenter sich gedulden mögen, bis die nächsten hunderttausend fertiggestellt wären. Es wurde im Laufe der nächsten Wochen der größte Erfolg aller Zeiten, selbst "Biene Maja" mußte sich verkriechen, und als die französische, englische, russische, italienische, türkische, holländische, spanische und japanische Ausgabe erscheinen konnte, figurierte die deutsche Ausgabe mit einer Auflage von einer

Million an der Spitze der Literaturgeschichte. Vom Leipziger Standpunkt betrachtet.

Hartwig hatte seinerzeit fünfzehn Prozent vom Ladenpreis vereinbart und die Hälfte von den Ubersetzungshonoraren. Während er im Polizeigefängnis und dann bald im Untersuchungsgefängnis in Moabit seine Taktik des Schweigens fortsetzte, schwoll ein für ihn von den Brüdern Merker angelegtes Bankkonto von Tag zu Tag an. Hartwig hätte sich jetzt von Borchart verpflegen lassen, in Sekt baden, sich die teuersten Verteidiger nehmen können und wäre trotzdem ein schwerreicher Mann geblieben. Aber er tat nichts von alldem, aß einfach und bescheiden, las alte Bücher und weigerte sich nicht nur, vor dem Untersuchungsrichter Aussagen zu machen, sondern auch sich einem Rechtsfreund anzuvertrauen. Es mußte ihm schließlich von Gerichts wegen ein Verteidiger in der Person des Rechtsanwaltes Nagelstock gegeben werden. Aber auch ihm gegenüber blieb Hartwig auf dem Standpunkt:

"Ich habe nichts zu sagen! Ich muß meine Unschuld nicht beweisen, sondern die Anklagebehörde soll den Beweis für meine Schuld erbringen. Ich habe abgeschlossen und stehe dem Verlauf der Dinge gleichgültig gegenüber."

"Drei Menschen"

Der Direktor des Kleist-Theaters, Herr Hohlbaum, saß abends, während gerade "Fräulein Julie" von Strindberg gespielt wurde, in seinem prunkvollen Privatbureau und stritt mit seinem ersten Dramaturgen, Dr. Weisl aus Wien.

"Lieber Doktor Weisl, öden Sie mich nicht an! Was heißt, der Name Kleist-Theater verpflichtet? Soll ich pleite gehen, weil das Theater den Namen vom seligen Kleist hat? Ich pfeif' Ihnen etwas auf Ihre Literatur! Zugstücke und ausverkaufte Häuser brauch' ich, nicht literarische Schmonzes, die in den Zeitungen gelobt werden und keine Katz' ins Theater locken! Verpflichtet ist gut gesagt! Wer ist aber verpflichtet, die Pacht und die Gagen zu bezahlen? Kleist oder ich? Na also, wenn ich verpflichtet bin, so sind Sie verpflichtet, gute, das heißt kräftige Stücke herbeizuschaffen!"

Ein Diener kam und brachte den Kassenbericht.

"Nu, da schauen Sie sich die Einnahmen von heute an! Nicht einmal genug, um den halben Tagesetat zu decken. Lieber Weisl, wenn ich pleite machen werde, so habe ich eine Genugtuung: Sie gehen mit mir mechulle!"

Dr. Weisl war wütend und schrie:

"Meinethalben geben Sie den "Schinderhannes", vielleicht ist das ein Geschäft!"

"Den 'Schinderhannes' gerade nicht, aber wenn ich jemanden finden würde, der mir innerhalb von drei Tagen den Fall Hartwig dramatisiert — Wäre keine schlechte Idee! 'Der Romancier als Mörder' oder 'Der blutige Roman' oder einfach 'Kämpfende Seelen', wie sein Roman heißt."

Weisl machte eine wegwerfende Bewegung, nahm in einem unbeobachteten Augenblick drei Zigarren aus der Kiste und sagte:

"Also, wollen wir als nächste Novität den neuen Unruh bringen?"

Aber Hohlbaum antwortete nicht. Stierte mit weit aufgerissenen, glasigen Augen vor sich hin, ließ die Zigarrenasche auf seine Weste fallen und begann so schwer zu atmen, daß Weisl fürchtete, der Name Fritz von Unruh werde bei seinem Direktor einen Schlaganfall verursachen.

Plötzlich sprang Direktor Hohlbaum auf, machte einen Satz gegen den Dramaturgen und keuchte heiser:

"Sie, Weisl, entweder bin ich total meschugge oder — Vor ein paar Monaten ist jemand, der Thomas Hertwig oder Hartwig oder Hartung heißt, bei mir mit einem Stück gewesen. Ich habe es gar nicht angeschaut, sondern da in den Kasten geschmissen! Aber so wahr ich Hohlbaum heiße, der Mann war blond und genau so, wie die Zeitungen den Mörder beschreiben — vielleicht ist er es gewesen!"

Auch Weisl wurde von der Erregung des Direktors ergriffen und beide begannen in einem großen Bureauschrank mit Rolltüre zu wühlen, daß die Staubwolken den Raum verdunkelten und Niesanfälle verursachten.

"Die träumende Göttin" — "Elsas Hochzeit" — "Das bittere Ende" — Titel und Namen, begrabene Hoffnungen kamen zum Vorschein und Weisl schrie wütend:

"Warum halten Sie das bei sich, statt es mir zu geben? Bin ich Ihr Dramaturg oder nicht?"

Ein gellender Aufschrei Hohlbaums folgte statt einer Antwort:

"Da ist es, Doktorchen, da — das ist das Stück - 'Drei Menschen' von Thomas Hartwig! Und da steht die Adresse: Novalisstraße zehn — stimmt! Weisl, das ist der große Treffer, das ist die Rettung, das ist die Sensation! Weisl, ich lege Ihnen zur Gage zu - das heißt, wenn das Stück zieht!"

Sauber, in Maschinenschrift, lag das geheftete Manuskript vor ihnen.

Drei Menschen, ein Drama aus dem bürgerlichen Leben von Thomas Hartwig.

Und der Direktor ließ Bier und belegte Brötchen kommen, gab Auftrag, niemand vorzulassen, und Dr. Weisl las langsam das Drama des Mannes vor, der demnächst fünf ruchlose Mordtaten vor den Geschwornen verantworten sollte. Als er fertig war, wischte er sich den Schweiß aus der Stirn und war sehr bleich. Und Direktor Hohlbaum lehnte sich, während es um seine wulstigen Lippen zuckte, mit geschlossenen Augen zurück und gedachte vergangener Zeiten, da er noch ein Mensch gewesen und das Feuer ehrlicher Begeisterung für Theater und Literatur in seiner Brust getragen.

Weisl sagte leise:

"Es ist ein gewaltiges Werk, das verdient hätte, aufgeführt zu werden, auch wenn der Autor nicht des Mordes angeklagt ist."

"Ja, es ist ein großes Stück! Weisl, das geht die ganze Saison, und wenn der Hartwig geköpft wird, so werden wir die Tantièmen dem Verein zur Rettung entlassener Sträflinge widmen. Das macht einen guten Eindruck!"

Am nächsten Morgen um neun Uhr erschien der Anwalt des Kleist-Theaters im Landgericht, ließ Hartwig vorführen, dessen Augen aufleuchteten, als er hörte, daß sein Stück aufgeführt werden sollte. Er gab ohne weiteres die Einwilligung, nur stellte er zur Bedingung, daß die Erstaufführung an dem Tage stattfinden müsse, an dem sein Prozeß vor den Geschwornen begänne. Auch behielt er sich eine beratende Stimme bei der Rollenbesetzung vor. Nach kurzem telephonischen Hin und Her war das in Ordnung gebracht, mittags enthielten die Zeitungen die ersten Nachrichten von dem kommenden sensationellen Theaterereignis, am Nachmittag wurden die Rollen ausgeschrieben, am nächsten Tag war die erste Leseprobe und bald wartete das sogenannte ganze Berlin mit fieberharter Spannung auf den Prozeß und die Premiere der "Drei Menschen" im Kleist-Theater.

Das große Rätsel

Der vom Gericht zum Verteidiger Hartwigs bestimmte Rechtsanwalt Fritz Nagelstock nahm seine Aufgabe sehr ernst. Er war jung, erst seit zwei Jahren Anwalt, kämpfte mit materiellen Schwierigkeiten, glaubte aber an sich und hatte längst auf einen Fall gewartet, der ihn berühmt machen könnte. Dieser Fall war nun da, einen stärkeren Sensationsprozeß hätte sich auch der bedeutendste Anwalt nicht wünschen können. Allerdings brachte ihn das Verhalten Hartwigs zur hellen Verzweiflung.

"Mensch," sagte er ihm immer wieder, "spielen Sie doch nicht um Ihren Kopf! Sie haben nur den einen und der ist sehr wertvoll! Wenn Sie schon dem Untersuchungsrichter gegenüber nicht reden wollen, so müssen Sie doch mir alles beichten, damit ich meine Verteidigung aufbauen kann. Ganz Berlin, nein, ganz Europa interessiert sich für Sie, die Zeitungen veröffentlichen täglich seitenlange Artikel über Ihren Roman, über das Stück, Sie werden ja schon bei lebendigem Leib seziert. Nutzen Sie das, geben Sie mir die Möglichkeit, die Geschwornen von Ihrer abnormen Geistesbeschaffenheit zu überzeugen, und wir haben gewonnenes Spiel. Herr Hartwig, tatsächlich liegt bei Ihnen ja auch ganz zweifellos eine schwere Nervenstörung vor, ein psychischer und physischer Riß. Man ermordet doch nicht wegen lumpiger dreißig- oder vierzigtausend Mark fünf Frauenzimmer, wie man Hühner umbringt, um ihre Leber als Ragout zu genießen! Sagen Sie mir, was in Ihnen vorgegangen ist, erklären Sie mir die mystischen Triebe, unter denen Sie leiden, beschreiben Sie die Willenslähmung, von der Sie befallen worden sind, und lassen Sie das andere meine Sache sein. Kenne ich erst Ihr Geheimnis, so werde ich es zu werten wissen! Willenslähmung, Suggestion durch eine mystische Macht, Trübung des Bewußtseins, unwiderstehlicher Trieb — das sind wunderbare Sachen, Herr Hartwigl Man wird Sie nicht verurteilen, sondern nach Dalldorf bringen und dann nach einem Jahr als geheilt entlassen. Nun, in Dalldorf können Sie mit dem Vermögen, das Ihr Buch trägt und Ihr Drama einbringen wird, wie ein Fürst leben und zwei neue Stücke schreiben. Aber reden müssen Sie, Mensch, mir müssen Sie alles sagen!"

Auf welche Ergüsse Hartwig jedesmal ruhig lächelnd erwiderte:

"Ich werde Ihnen gar nichts sagen, lieber Herr Rechtsanwalt! Zunächst wünsche ich, daß die Staatsanwaltschaft mir meine Schuld beweist. Hat Sie dies getan, so werde ich vielleicht sprechen."

Und dabei blieb es, und Nagelstock mußte sich sagen, daß diese Taktik gar nicht die dümmste sei. Denn in noch größerer Verlegenheit als er befand sich der erste Staatsanwalt am

Landgericht Berlin I, Hellmut Röhrich, der die Anklage vertreten mußte.

Ja, welche Anklage denn eigentlich? Zweifellos hatte Hartwig die Müller, die Möller, die Jensen, die Pfeiffer und die Cohen ermordet und beraubt. Also fünffacher Raubmord. Wo aber waren die "Corpora delicti", wo die Leichen oder wenigstens Teile von ihnen oder zumindestens Gegenstände aus dem Besitz der Weiber, aus deren Beschaffenheit man auf Mord hätte schließen können? Vergebens hatte man wieder und immer wieder die ganze weitere Umgebung Berlins in einem Umkreis von hundert Kilometern, die Gehölze, die Seen und Flüsse abgesucht. Nichts hatte man gefunden. Auch die verschiedenen Haussuchungen im Zimmer Hartwigs und in der ganzen Wohnung der Frau Armbruster waren ergebnislos verlaufen. Nicht ein Band, nicht ein Schmuckstück, nichts fand sich vor, was einer der Ermordeten hätte gehören können. Und dazu kam noch, daß dieser Krause, seit er wieder Joachim von Dengern war, die Behörden vollständig im Stich ließ. Wohl blieb der Kriminalkommissär Dr. von Dengern des öfteren seinem Bureau ferne, weil er angeblich in Sachen Hartwigs Nachforschungen anstellte, in Wirklichkeit aber hatte man von ihm keine Hilfe mehr gefunden, der Fall Hartwig schien für ihn erledigt, er hüllte sich in eisiges Schweigen, und so oft der Staatsanwalt ihn zu sich bat, um die Angelegenheit mit ihm zu besprechen, erklärte er immer wieder achselzuckend:

"Ich habe meine Schuldigkeit getan, tun Sie nun die Ihrige und erheben Sie getrost die Anklage."

Bis eines Tages im Oktober der Staatsanwalt sich wirklich entschloß, die Anklage gegen Thomas Hartwig wegen Meuchelmord, begangen an Trude Müller, Grete Möller, Annemarie Jensen, Käte Pfeiffer und Selma Cohen zu erheben. Eine rein auf Indizien gestützte Anklage, wie sie eigenartiger, bedenklicher und doch schließlich begründeter kaum jemals in den Annalen der deutschen Rechtsgeschichte erhoben worden war. Nagelstock aber rieb sich vergnügt die Hände. Er wußte ganz gut, daß er von vornherein Einspruch gegen die Klageerhebung hätte einlegen können, daß es schließlich nicht so unmöglich wäre, den Prozeß, wenn schon nicht zu verhindern, doch auf Monate hinaus vertagen zu lassen. Aber darum war es ihm nicht zu tun; er brauchte und wollte diesen Prozeß und je kühner die Anklage, desto größer die Möglichkeit eines Erfolges vor den Geschwornen. Nagelstock kannte den Roman Hartwigs schon fast auswendig; er besuchte nun auch noch alle Proben des Stückes "Drei Menschen", er studierte Mantegazza und Lombroso und Krafft-Ebing, er korrespondierte mit Freud in Wien, konsultierte die bedeutendsten Psychoanalytiker der Welt, bewog Gelehrte aus Paris, London und Rom, sich als Sachverständige anzubieten, kurzum, er bereitete einen Prozeß vor, wie ihn die Welt noch nicht erlebt haben sollte.

Interessierte sich aber Dengern, seitdem er in Amt und Würden war, wirklich nicht mehr für den Fall Hartwig? Ließ er absichtlich die Anklagebehörde in Stich? Keineswegs! Ohne davon Aufhebens zu machen, forschte er weiter, tat das Möglichste, um die grauenhaften Verbrechen des Romanschriftstellers aufzuklären. Allerdings — er benahm sich nicht wie die Detektivhelden in den Romanen, er untersuchte nicht die Stiefelsohlen Hartwigs, um aus Erdklümpchen auf die Gegend zu schließen, in die der Mörder vielleicht Ausflüge gemacht hatte, er glaubte nicht an Wunder und geheime Spuren bildete sich nicht ein, auf eigene Faust Dinge zu entdecken, die Hunderten von braven, im Dienst erprobten Polizeibeamten und Gendarmen entgangen wären. Aber um so intensiver forschte er der Vergangenheit Hartwigs nach, fuhr nach Köln, um die Jugend des Mannes zu ergründen, nahm immer wieder die fünf Briefe der fünf verschwundenen

Mädchen vor, konnte stundenlang ihre hinterlassenen Habseligkeiten betrachten und mustern.

In Köln machte Dengern unschwer Jugendgefährten Hartwigs ausfindig, die mit ihm dort das Gymnasium besucht hatten. Und nach vielen Besprechungen mit ehrsamen Kaufleuten, einem Apotheker, einem Rechtsanwalt, einem Arzt und einem Bummler, der sich als Versicherungsagent durchschlug, entwickelte der Kriminalkommissär folgendes Bild von dem Knaben Hartwig:

Ein wenig zaghaft und zurückhaltend, aber nie Spielverderber. Hilfsbereit den weniger begabten Kameraden gegenüber, für die er, wenn es sein mußte, bis in die Nacht hinein Aufsätze verfaßte. Hartwig was als Knabe und Jüngling jeder Roheit unfähig gewesen, hatte bei ernsten Prügeleien stets vermittelnd eingegriffen, konnte aber jähzornig werden, wenn er Tierquälereien beiwohnte. Den Verkehr mit seinem besten Freund hatte er aufgegeben, weil dieser nicht davon ablassen wollte, Käfer und Schmetterlinge für seine Sammlung zu fangen und zu präparieren.

Dengern bekam vom Rektor des Wilhelm-Gymnasiums in Köln die Erlaubnis, die zu Bündeln verpackten, verstaubten und vermoderten Schulhefte der früheren Jahrgänge zu durchstöbern, um deutsche Schulaufsätze Hartwigs zu finden. Stundenlang suchte er auf dem Dachboden des Gymnasiums in Staub und Spinnetzen, bis er die Hefte fand, in die vor fünfzehn, sechzehn Jahren Thomas Hartwig seine deutschen Arbeiten geschrieben hatte. Mit ihnen eilte er in sein Hotelzimmer und las alle diese gequälten, unnatürlichen und lebensfremden Stilübungen durch, die die Schule unter den Devisen "Schuld und Sühne der Jungfrau von Orleans", "Das Leben ist kurz, spricht der Weise, spricht der Tor", "Wie verbrachte ich meine Osterferien?" und so weiter verlangt. Immerhin — manch kühner, origineller Gedanke fiel ihm auf, vor allem aber die meisterhafte Beherrschung der Sprache und das peinliche Bestreben, unpathetisch zu bleiben und der Phrase aus dem Weg zu gehen.

Die glanzlosen, gleichgültigen Augen Dengerns belebten sich. "Was ist das größte Verbrechen, das der Mensch begehen kann?" lautete ein Thema in der Unterprima und Hartwig hatte es präzise, klar und logisch dahin bearbeitet, daß das verdammenswerteste Verbrechen die Vernichtung eines Lebens, der Mord sei. Durch den Mord, zu selbstsüchtigen Zwecken begangen, vernichtet man die ungeahntesten Möglichkeiten, begeht man ein Verbrechen gegen die ewige

Harmonie der Natur, vergewaltigt man das Unverletzlichste. Jedes Verbrechen kann gesühnt und verziehen werden, nur der Mord nicht, weil der, der getötet wurde, nicht mehr Verzeihung gewähren kann. Man tötet einen Menschen und vernichtet dadurch nicht nur ihn selbst, sondern vielleicht auch eine große Idee, die dieser Mensch zum Segen der Welt entwickelt und ausgeführt hatte. Wehe der Mutter, die, um Not und Schande zu entgehen, ihr eben geborenes Knäblein tötet. Denn wer weiß, ob sie nicht in ihm einen neuen Heiland, nach dem die Welt lechzt, ermordet hat. Verzeihung allen armen Sündern, allen Gestrauchelten, allen Opfern eines unsinnigen sozialen Kampfes! Nur dem Mörder darf keine Verzeihung gegeben werden, weil fremdes Leben auslöschen, eine Welt vernichten heißt."

Da der Unterprimaner Hartwig im weiteren Verlaufe des Aufsatzes auch den Krieg als Massenmord verdammt hatte, bekam er ein "Ungenügend" mit dem Zusatz "Wenig patriotisch gedacht!"

Dengern aber war tief ergriffen, steckte das Heft ein, schnitt sein unergründlichstes Gesicht und machte einen ausgedehnten Spaziergang den Rhein entlang, um allerlei Gedanken zu ordnen, Mit Lotte Fröhlich hatte Dengern wieder

Verbindung gesucht, aber nicht gefunden. Er hatte ihr auf der Straße aufgelauert und sie angesprochen. Lotte, schön und lieblich wie nur je, wenn auch ein wenig blaß, pfauchte ihn wie eine Wildkatze an:

"Gehen Sie mir aus dem Weg, Sie abscheulicher Mensch! Sie haben sich an mich wie ein Dieb herangeschlichen, um mich auszuforschen. Das ist niedrig und gemein!"

Dengern lächelte müde.

"Sie haben so unrecht nicht, Fraulein Fröhlich, es ist wirklich kein schöner Beruf, Jagd auf Menschen machen zu müssen. Immerhin, es kann das auch seine guten Seiten haben, mein verehrtes, gnädiges Fräulein!" Mit diesen Worten war Dengern davongeeilt und Lotte blieb ein wenig beschämt und verdutzt stehen. Dengern machte dann die Bekanntschaft der Frau Lämmlein, bei der Lotte Fröhlich am Lützow-Ufer wohnte, und es gelang ihm, das Vertrauen der alten Dame zu erwerben, um so mehr, als er sich als Wein- und Likörreisender eingeführt hatte, der nie auf Aufträge drängte, aber immer nette, kleine Musterflaschen zur Verfügung stellte. Frau Lämmlein liebte ihre junge, schone Mieterin aufrichtig, fast mutterlich, aber in letzter Zeit nicht mehr so sehr wie einstens.

"Nein, diese jungen Mädchen von heute," klagte sie. "Früher hieß es immer Hartwig hin und Hartwig her und wenn er mittags anrief, ließ sie den Suppenlöffel vor Eile fallen und ich dachte an eine große Liebe, die sicher früher oder später zur Ehe führen würde. Und nun, als dieser Unglücksmensch, der Hartwig, verhaftet wurde — glauben Sie, das Mädel wäre zusammen-gebrochen? Keine Spur, nicht einmal geweint hat es! 'Reden wir nicht davon,' sagte sie jedesmal abweisend, wenn ich sie trösten wollte! Herzlos, einfach herzlos, sage ich Ihnen!"

Dengern stellte noch andere Fragen, sprach bei jedem Besuch immer wieder über Fräulein Fröhlich, so daß Frau Lämmlein schließlich die Überzeugung gewann, der Weinagent liebe das Mädchen selbst. Um so mehr, als er sie einmal gebeten hatte, das Zimmer des Fräulein Fröhlich zu betreten, da er als Junggeselle noch nie Gelegenheit gehabt, so ein "Jungesmädelzimmer" zu sehen. Frau Lämmlein tat ihm den Gefallen, schon deshalb, weil sie diesmal eine Flasche Eierkognak als Muster erhalten hatte. Und da sie gerade in diesem Augenblick zum Fernsprecher gerufen wurde, hatte Dengern Gelegenheit, einige Minuten in Lottes Zimmer allein zu bleiben.

Der große Prozeß

Endlich konnten die Zeitungen das große Doppelereignis ankündigen. Am 5. November sollte im Schwurgerichtssaal der auf zwei Tage anberaumte Prozeß gegen Thomas Hartwig beginnen, am Abend des 5. November die Erstaufführung von "Drei Menschen" im Kleist-Theater vor sich gehen.

Die Berliner Gesellschaft stand Kopf vor Aufregung und rüstete sich für die schwere Aufgabe, die ihrer harrte. Galt es doch, sich Sitze für die Erstaufführung und eine Einlaßkarte in den Schwurgerichtssaal zu verschaffen. Das eine gehörte unbedingt zum anderen. Man würde tagsüber allen Phasen des Prozesses gegen den schweigenden Mörder lauschen und abends im Frack, in großer Toilette den Worten des redenden Dichters. Und es begann ein gewaltiger Ansturm, ein Wettlaufen um beide Karten, die Einsetzung des ganzen Einflusses, die Erneuerung der Bekanntschaft mit Abgeordneten und anderen einflußreichen Tieren. Denn wenn es auch durch Bezahlung des zehnfachen Preises mit Hilfe von Kartenagenten gelang, einen Sitz oder gar eine Loge in Kleist-Theater zu bekommen, so nützte aller Reichtum für den Schwurgerichtssaal nichts, wenn man nicht durch besondere

Beziehungen eine Empfehlung an den Vorsitzenden im Prozeß Landgerichtsrat Muhr oder an den Staatsanwalt Röhrich hatte.

Um zehn Uhr vormittags begann im Kleist-Theater die Generalprobe zu "Drei Menschen" vor geschlossenen Türen, genau um dieselbe Zeit erklärte der Vorsitzende die Verhandlung für eröffnet und erteilte dem Staatsanwalt das Wort zur Verlesung der Anklageschrift.

Hartwig saß zwischen zwei Gefängniswärtern auf der Anklagebank, und obwohl er sich ersichtlich bemühte, den Eindruck vollster Gleichgültigkeit hervorzurufen, sah man ihm doch unschwer die äußerste Aufregung an. Er zuckte mit den kurzsichtigen blauen Augen, fuhr sich immer wieder mit der Hand über das Gesicht und seine blonden Haare klebten feucht an der Stirne. Nur wenn er musternd die Augen über die Zuhörerschaft, die Damen und Herren der ersten Berliner Gesellschaft, die Künstler, Schriftsteller, Zeitungsleute von Rang und Bedeutung gleiten ließ, blitzte es ironisch in seinem Gesicht auf.

Die vielen, vielen Zeugen, die von der Staatsanwaltschaft oder dem Verteidiger geladen worden waren, mußten vor Verlesung der Anklageschrift den Saal wieder verlassen, nur die auf dringendes Verlangen des Dr. Nagelstock herbeigerufenen

Sachverständigen auf psycho-pathisch-pathologisch-analytischem Gebiete blieben und musterten einander mißtrauisch und hämisch. Sowie einer etwas niederschrieb, ergriffen rasch auch die anderen ihre Bleifedern, um zu kritzeln.

Der Staatsanwalt faßte zuerst knapp und nüchtern die Ereignisse zusammen, die zur Verhaftung des Thomas Hartwig geführt hatten, und sagte dann:

"Nie noch ist einer Anklagebehörde eine so seltsame Aufgabe zugefallen wie diesmal. Sie weiß, daß fünf heiratslustige Mädchen verschwunden sind, sie kann exakt nachweisen, daß nur Thomas Hartwig der Bräutigam war, mit dem Jede der Fünf die verhängnisvolle Reise unternommen hat. Sie weiß und kann es beweisen, daß Hartwig einen groß angelegten Plan entworfen hat, um Mädchen, die heiraten wollen, ganz allein im Leben stehen und etwas Vermögen besitzen, an sich zu locken, zu töten und zu berauben. Mit einem Wort: Die Anklagebehörde kann erweisen, daß Thomas Hartwig, der Romancier und Dramatiker, dessen Werk heute seine Taufe erleben wird, ein gemeiner Mörder, ein fünffacher Raubmörder ist, wie er in gleicher Scheußlichkeit noch niemals die Berliner Geschwornen beschäftigt hat. Nur eines kann die

Staatsanwaltschaft nicht erbringen: Den greifbaren Beweis dafür, daß die fünf armen Opfer Hartwigs wirklich ermordet worden sind. Es gilt daher ein Indizienverfahren nicht darüber, wer der Mörder ist, sondern darüber, daß der Mörder, den wir haben, auch wirklich gemordet hat! Hartwig selbst spricht nichts, verteidigt sich nicht, verweigert Auskunft und Antwort. Aber gerade diese Verstocktheit und Hinterhältigkeit gibt Zeugnis gegen ihn, und wenn ich auch nicht in der Lage bin, Ihnen, meine Herren Geschwornen, Leichen und schauerliche Körperteile der Ermordeten zu zeigen, so wird doch sehr bald niemand auch nur im entferntesten daran zweifeln können, daß Thomas Hartwig genau so raffiniert, wie er die Verbrechen begangen, auch deren Spuren vertilgt hat."

Und nun begann das Verhör mit Hartwig, der zuerst die Richtigkeit der vorgelesenen Geburtsdaten bestätigte. Dann fragte der Präsident mit erhobener Stimme:

"Angeklagter, Sie haben die Anklageschrift gehört und verstanden? Bekennen Sie sich der Ihnen zur Last gelegten Taten schuldig?"

Ein Augenblick der Totenstille, dann sagte Hartwig laut und klar:

"Nein!"

Aufregung im Saal, Raunen und Murmeln. Bisher hatte Hartwig sich geweigert, vor dem Untersuchungsrichter diese Frage mit Ja oder Nein zu beantworten. Nunmehr schien sein Nein zu beweisen, daß er die bisherige Taktik der Antwortverweigerung aufzugeben bereit sei. Der Verteidiger Nagelstock, der Staatsanwalt, die Beisitzenden, die Geschwornen, die Zuhörer, sie alle beugten sich gespannt vor, als nun der Präsident eine weitere Frage stellte:

"Angeklagter, wollen Sie eine zusammenhängende Darstellung geben oder ziehen Sie es vor, meine Fragen zu beantworten?"

Gesteigerte Aufregung.

"Weder das eine noch das andere, Herr Präsident. Ich erkläre hiemit nochmals, daß ich unschuldig bin, werde aber vorläufig keinerlei Fragen beantworten, sondern behalte mir vor, späterhin weitere Aussagen zu machen. Im übrigen stehe ich nach wie vor auf dem Standpunkt, daß nicht ich meine Unschuld zu beweisen habe, sondern es Sache des Gerichtes ist, meine Schuld zu erhärten."

Rufe im Publikum, Murren auf den Geschwornenbänken, Tuscheln unter den Zeugen.

"Sie weigern sich vorläufig, auf irgendeine meiner Fragen zu antworten?"

"Jawohl, Herr Präsident."

"Herr Verteidiger, können und wollen Sie Ihrem Klienten nicht klarmachen, daß seine Taktik verfehlt, ja geradezu selbstmörderisch sei?"

Nagelstock fuhr auf.

"Herr Präsident, seit Wochen tue ich ja nichts als das! Aber er will nicht einmal mir Antwort geben! Der beste Beweis, daß er total mesch—, ich meine verrückt ist!"

Der Präsident winkte ab.

"Gut, dann werde ich mit der Vernehmung der Zeugen beginnen."

Und nun wurden sie alle, eine nach der anderen, vorgerufen: die Wirtin, der Müller, der Möller, der Jensen, der Pfeiffer und der Cohen. Unter ihrem Eid mußten sie ausführlich von dem Einzug der betreffenden Dame, deren Aussehen, jeder Äußerung über den geheimnisvollen Bräutigam berichten. Und schließlich konnten die, die diesen Bräutigam zu Gesicht bekommen hatten, ebenso wie der Portier Zimmermann mit Bestimmtheit erklären, daß Thomas Hartwig unbedingt mit ihm identisch sei.

Der Staatsanwalt: "Ich mache den hohen Gerichtshof und die Herren Geschwornen nachdrücklich auf eine merkwürdige und höchst wichtige Parallelität der Geschehnisse aufmerksam: Jede der fünf Verschwundenen hat ihr Zimmer auf einen ganzen Monat vorausbezahlt. Also war jede ganz sicher, daß sie bleiben, respektive von dem projektierten Ausflug nach der Havel in kürzester Zeit zurückkehren werde! Das ist außerordentlich wichtig, denn daraus geht hervor, daß durch äußere, gewaltsame Umstände die Fünf verhindert wurden, ihre Rechte auf das Zimmer geltend zu machen. Hätten Sie nicht vorausbezahlt und nicht ihre armseligen Sachen zurückgelassen, so könnte man immerhin die Möglichkeit erwägen, daß es sich um abenteuernde Herumtreiberinnen handelt, die heute hier und morgen dort auftauchen und Grund haben, keine Spuren zu hinterlassen.'

Die Richter, die Zeugen, die Zuhörer, die Geschwornen nickten zustimmend. Man konnte darüber nur diese eine

Ansicht haben. Ein aufmerksamer Beobachter hätte feststellen können, daß sogar Thomas Hartwig genickt hatte.

Und nun kam eine prickelnde Sensation. Alle Hälse reckten sich dem vorgerufenen Dengern entgegen, goldene Lorgnons blitzten auf, hier und da sah man sogar einen kleinen diskreten Trieder auftauchen.

Das war also der geheimnisvolle, berühmte, geniale Detektiv, der feudale Junker, der jahrelang der Polizei obskure Dienste geleistet, jahrelang unschuldig im Zuchthaus gesessen hatte! Der Präsident war ganz Zuvorkommenheit. "Herr Zeuge, Sie sind der königlich preußische Krimmalkommissär, Doctor juris Joachim Freiherr von Dengern und haben unter dem Pseudonym Krause die Nachforschungen nach dem Mörder der fünf verschwundenen Mädchen gepflogen. Erzählen Sie, wie Sie auf Thomas Hartwig gekommen sind."

Dengerns Gesicht glättete sich, mit automatenhafter Ruhe und Sicherheit erzählte er von seiner Jagd hinter einer Theorie, die ihn zuerst zu Heiratsvermittlern, dann in das Annoncenbureau des "Generalanzeigers" geführt und dort den Text der verhängnisvollen Annonce kennen lernen ließ. Und schilderte, wie ihm Hartwig ins Garn gelaufen war.

"Ich möchte hier feststellen, daß ich noch nie mit einem Mann zu tun gehabt habe, der ein Verbrechen, das er vermutlich begangen hat, klüger entworfen, später aber, als die Taten begangen waren, alle Vorsicht derart außer acht gelassen hat, wie Herr Hartwig. Er hielt es nicht einmal der Muhe wert, die verräterischen Briefe der seine Annonce beantwortenden Frauen zu vernichten! Eine solche, fast naive Unbesorgtheit im Zusammenhang mit so schweren Verbrechen — zweifellos ein kriminalistisches Kuriosum!"

Als Dengern seine Aussage, die mit Beifallsgemurmel aufgenommen wurde, beendet hatte, wandte er sich an den Präsidenten.

"Herr Präsident! Ich werde jetzt der Vernehmung aller weiteren Zeugen beiwohnen und dann noch eine wichtige Erhebung zu machen versuchen. Jedenfalls bitte ich, mich nach Beendigung des eigentlichen Beweisverfahrens, also vor den Referaten der medizinischen Sachverständigen und den Reden des Herrn Staatsanwaltes und des Herrn Verteidigers, abermals auf den Zeugenstand zu rufen."

Der Präsident erklärte sich einverstanden und Dengern wollte abtreten, aber Rechtsanwalt Nagelstock hielt ihn zurück:

"Herr Kriminalkommissär, Sie haben bei Erläuterung des leichtsinnigen Vorgehens des Angeklagten soeben von einem Verbrechen, das er vermutlich begangen habe, gesprochen. Darf ich dieses 'vermutlich' so auffassen, als ob Sie von der Schuld des Angeklagten nicht vollkommen überzeugt wären?"

Die Falten spielten über das Gesicht Dengerns.

"Herr Rechtsanwalt, solange ein Angeklagter nicht gestanden hat, gibt es immer noch die Möglichkeit seiner Unschuld. Bis zu dem Augenblick wenigstens, wo die Beweise gegen ihn so überwältigend sind, daß nach menschlichem Ermessen an seiner Schuld nicht gezweifelt werden kann."

Der Präsident zog die Augenbrauen hoch, der Staatsanwalt machte ein beleidigtes Gesicht und sagte entrüstet:

"Ich bitte, meine Herren, hier keine philosophischen Debatten zu führen und das Urteil der Geschwornen weder in diesem noch in jenem Sinn zu beeinflussen."

Die Geschwornen nickten. Nein, sie wollten keine Beeinflussung, sie seien kluge und gerechte Männer, die jetzt schon genau wissen, was sie von diesem Hartwig zu halten hätten.

Die Beamtin des Annoncenbureaus betrat den Zeugenstand und identifizierte Hartwig als den Herrn, der anfangs Juni die Annonce mit der Chiffre "Idylle an der Havel" aufgegeben und wenige Tage später eine Unmenge Antworten behoben habe. Dann kam die Frau Armbruster, bei der Hartwig seit drei Jahren das möblierte Zimmer bewohnte. Als sie ihren Zimmerherrn sah, begann sie zu schluchzen.

"Nein, daß ich das erleben muß! So ein feiner, gebildeter Herr und ein Mörder! Ich kann es nicht glauben."

Der Präsident strenge: "Frau Armbruster, uns interessiert Ihre Meinung nicht, sondern wir wollen von Ihnen Tatsächliches hören."

Nagelstock aber sprang auf und ließ protokollieren, daß der Zeugin verboten worden sei, den günstigen Eindruck, den Hartwig immer auf sie gemacht hatte, zu bekunden.

Durch vielerlei Fragen erfuhr man nun aus dem Munde der Frau Armbruster folgendes:

Im großen und ganzen war Hartwig immer recht solid in seiner Lebensführung gewesen, was aber nicht ausschloß, daß er hier und da ein wenig angeheitert und erst in früher Morgenstunde nach Hause kam. Oft war er von Geldsorgen bedrückt, blieb mit der Miete im Rückstand, borgte sich sogar mitunter von Frau Armbruster kleinere Beträge aus. Im Verlauf des letzten Jahres klagte er oft, ein Pechvogel zu sein, der sich nicht durchsetzen könne. Besonders an Tagen, da ihm der Postbote ein Manuskript brachte, war er deprimiert. Oft habe er von dem Stück "Drei Menschen" gesprochen, das ihn mit einem Schlag berühmt machen würde, aber im Frühjahr, als er es wieder von einem Direktor zurückbekam, habe er ausgerufen: "Am besten wäre es, wenn ich mich aufhängen würde!"

Frau Armbruster, die diesem Verzweiflungsausbruch beiwohnte, wollte ihn beruhigen, aber Hartwig erklärte achselzuckend:

"Ach was, es ist wirklich, um einen Mord zu begehen! Wissen Sie keinen reichen Juden, den ich umbringen und berauben könnte, damit ich wenigstens aus der Geldmisere herauskomme?"

Sie habe das natürlich für einen Scherz gehalten, aber nun erinnere sie sich dieser Worte mit Schrecken.

Auch im Publikum wurde gemurmelt und "Ah!" und "Oh!" ausgerufen. Ein Geschworner tuschelte seinem Nachbar halblaut ins Ohr:

"Im Unterbewußtsein hat er immer an Mord gedacht!"

Der Verteidiger: "Liebe Frau Armbruster! Herr Hartwig wird, wie Sie wissen, beschuldigt, im Verlaufe des Monates Juli hintereinander fünf oder noch mehr Frauen von Berlin fortgelockt zu haben, um sie irgendwo in der Einsamkeit zu ermorden. Zweifellos müßte er seine Verbrechen recht weit von Berlin begangen haben, wenigstens halte ich den Grunewald mit den zahlreichen Familien, die sich dort der edlen Beschäftigung des Kaffeetrinkens hingeben, für wenig geeignet, den Schauplatz der Ermordung, Zerstücklung und Vergrabung von Frauen zu bilden."

Heiterkeit im Publikum. Rüge des Präsidenten.

"Es ist anzunehmen, daß Herr Hartwig sein jeweiliges Opfer in öde Gegenden, stundenlang mit der Bahn und dann noch stundenlang zu Fuß entfernt, gebracht hat. Logischerweise also müßte Herr Hartwig im Juni des öfteren tagelang verschwunden sein. Darüber können nur Sie Auskunft geben. Ich frage Sie daher: Ist Ihr Mieter, Herr Hartwig, im Juni oder

Juli einigemal über Nacht seiner Behausung ganz ferngeblieben? Hat er Reisen unternommen, auf die er Handgepäck mitnahm?"

Frau Armbruster verneinte lebhaft.

"Ne, was man so eine Reise nennt, das hat Herr Hartwich nicht unternommenl Aber Ausflüge hat er ja wohl gemacht. Immer im Frühjahr und Sommer pflegte Herr Hartwich mitunter ganz früh am Morjen fortzugehen und erst spät nachts zurückzukommen und er hat mir dann woll auch erzählt, daß er diese oder jene große Tour unternommen habe. Aber Jepäck, davon war keine Rede nich."

"Meine Herren Geschwornen," rief Nagelstock triumphierend und listig, "stellen Sie sich nur diese Situation vor: Hartwig hat ein Mädchen auf einen Zweitageausflug eingeladen, um mit ihm eine Villa oder ein Gut in oder bei Ketzin zu besichtigen. Was sich wohl das Mädchen gedacht hätte, wenn sein Bräutigam ohne jedes Gepäck, nicht einmal mit einem Nachthemd und einem Zahnbürstchen bewaffnet, einhergekommen wäre?"

Einer der Geschwornen, ein Mann mit einem Vogelgesicht und Entenschnabel, derselbe, der vorhin vom Unterbewußtsein gesprochen hatte, erhob sich.

"Herr Präsident, gestatten Sie, daß ich eine Frage an die Frau Zeugin richte?"

"Sicher, es freut mich sogar, wenn die Herren Geschwornen in die Verhandlung eingreifen."

Der Entenschnabel öffnete sich wieder.

"Also, Frau Armbruster, können Sie uns sagen, wie Herr Hartwig gekleidet war, wenn er solche Tagesausflüge unternahm?"

Jawohl, Frau Armbruster konnte. "Nu, einen dunkeljrünen Sportanzug trug er, einen Plüschhut, derbe Stiefel mit doppelter Sohle und so 'nen Rucksack, wie ihn jetzt die Leute immer tragen."

Heiterkeit, Bewegung, Unruhe. Der Entenschnabel sagte "Nun also!" und klappte dann zu, der Verteidiger schrumpfte ein und zog sich wie ein begossener Pudel auf seinen Stuhl zurück. Zwei aber lächelten vor sich hin: Der Kriminalkommissär Dengern und der Angeklagte Hartwig.

Die zurückgelassenen Habseligkeiten der verschwundenen Frauen wurden auf dem Gerichtstisch ausgebreitet, elendes, schäbiges Zeug, zertretene Schuhe, Strümpfe mit Löchern, billige Wäschestücke ohne Märke, Barchent, Baumwolle, Flanell. Man tuschelte und lächelte im Auditorium. Ein als Witzbold bekannter Schriftsteller flüsterte einer berühmten Schauspielerin zu:

"Pfui Deibel! Mit solchen Weibern Liebesstunden feiern, bevor man sie abmurxt! Und so was hat die Frechheit, Romane und Stücke zu schreiben!"

Die Künstlerin kicherte. "Wenn mich einmal einer umbringt, so werden andere Sachen vor Gericht erscheinen. Sogar meine Zofe darf nur Batist tragen!"

Nun wurden die Briefe der Todesopfer verlesen, die sie auf die Annonce Hartwigs geschrieben hatten. Sie machten dann die Runde; jeder der zwölf Geschwornen bekam alle fünf in die Hände. Lauernd blickte Dengern drein. Aber auch das ging ohne Zwischenfall vorüber.

Die von der Verteidigung geladenen Entlastungszeugen marschierten an. Lehrer, Jugendfreunde, Studienkollegen Hartwigs. Übereinstimmend erklärten sie, Hartwig als grundgütigen, ein wenig romantischen, schwärmerischen Menschen gekannt zu haben, dem Übeltaten nie und nimmer zuzutrauen gewesen wären. Ein alter Professor, der in Köln acht Jahre hindurch Lehrer Hartwigs gewesen war, sagte:

"Nach bestem Wissen und Gewissen kann ich nur sagen, daß ich Hartwig nicht nur keines raffinierten Verbrechens, sondern überhaupt keiner unehrenhaften, gewinnsüchtigen Handlung fähig gehalten hätte. Allenfalls einer Jähzornstat. Ich erinnere, wie er einmal, er dürfte vierzehn Jahre alt gewesen sein, in einem öffentlichen Park sich plötzlich auf einen wesentlich größeren und stärkeren Jungen warf, sich in ihn verkrallte, ihn biß und so übel zurichtete, daß der Überfallene verbunden werden mußte. Die Untersuchung ergab aber, daß Hartwig beobachtet hatte, wie dieser Bursche einer gefangenen Feldmaus mit seinem Taschenmesser die Augen ausstach. Mir ist dieser Vorfall lebhaft in Erinnerung, denn ich mußte meine ganze Autorität einsetzen, um Hartwig vor Karzer zu bewahren."

Der Präsident trommelte ungeduldig mit der Bleifeder auf den Tisch.

"Nun, Herr Professor, inzwischen sind Jahrzehnte vergangen und in solcher Zeit mag sich der Charakter eines Menschen gründlich ändern."

Der Entenschnabel nickte, das Nicken wirkte ansteckend auf die anderen Geschwornen, und der Staatsanwalt begann diesen wie die anderen Entlastungszeugen geschickt zu Äußerungen zu bewegen, die bewiesen, daß Hartwig immer einen höchst normalen Eindruck hervorgerufen habe. Das war eine Parade gegen jeden späteren Versuch des Verteidigers, den Angeklagten als geistesgestört darzustellen.

Es war spät geworden, im Auditorium wie unter den Geschwornen entstand eine gewisse Unruhe, die sich sogar dem Gerichtshof mitteilte. Rechtsanwalt Nagelstock sprang auf.

"Herr Präsident, da ja ohnedies die Zeugenvernehmungen beendet sind, bitte ich die Verhandlung. auf morgen zu vertagen. Nicht nur ich, sondern wohl auch einzelne der Herren Geschwornen, vielleicht auch der Herr Präsident, die Herren Beisitzenden und der Herr Staatsanwalt haben sich Karten für die heutige Vorstellung im Kleist-Theater besorgt, nicht aus brutaler Neugierde, sondern um dem Rätsel Hartwigs näher zu kommen. Es ist sieben Uhr - in einer Stunde beginnt die Vorstellung - also -

Erleichtert aufatmend gab der Präsident dem Antrag Folge. Aber bevor er noch die Sitzung aufhob, wandte er sich abermals an den Angeklagten.

"Hartwig, wollen Sie nicht heute noch das erlösende Wort sprechen und ein Geständnis ablegen?"

Müde und nervös schüttelte Hartwig den Kopf.

"Herr Präsident, vor mir liegt eine Nacht, in deren Verlauf ich mit mir ins reine kommen werde. Ich werde morgen sprechen!"

Trotz der allgemeinen Übermüdung und der vorgerückten Stunde Totenstille, daß man deutlich hörte, wie eine Fliege gegen die Fensterscheibe taumelte. Morgen — also morgen würde die Sensation ihren Gipfelpunkt erreichen. Joachim von Dengern warf dem Angeklagten aus halbgeschlossenen Lidern einen langen Blick zu, dann trat er vor.

"Herr Präsident, wie ich schon gesagt habe, werde ich noch heute eine wichtige Erhebung machen. Darf ich bitten, morgen sofort nach Eröffnung der Verhandlung mich zuerst zu vernehmen?"

Verwundert sagte der Präsident zu. Und verwundert wie er waren alle Menschen im Saal. Was hatte das wieder zu bedeuten, was konnte Dengern noch erfahren, warum mußte er unbedingt als Erster morgen sprechen? Rätsel über Rätsel!

*

Die Menschen strömten wie ein Bienenhaufen auseinander, Autotaxis sausten nach allen Richtungen, es galt, sich rasch umzuziehen, große Toilette zu machen und eine Kleinigkeit zu essen, bevor man sich zur sensationellsten, spannendsten Theaterpremiere begab, die Berlin jemals erlebt hatte.

Die Sensationspremiere

Joachim von Dengern hatte einen starken Mercedes-Wagen, Eigentum des Polizeipräsidiums, bestellt, den er nun bestieg, um nach dem Lützow-Ufer zu fahren. Unweit des Hauses, in dem Lotte Fröhlich bei Frau Lämmlein wohnte, ließ er halten, um sich in ein kleines Restaurant zu begeben, von dem aus er das Haus im Auge behalten konnte. Seine Kombination ging dahin, daß Lotte Fröhlich sicher der Aufführung im Kleist-Theater beiwohnen werde, und zwar aller Wahrscheinlichkeit nach in Begleitung ihrer Wirtin, Frau Lämmlein.

Eben hatte er einige Bissen verschlungen und gezahlt, als auch wirklich die beiden Damen das Haus verließen. Nun war die Bahn für ihn frei. Unbemerkt schlüpfte er ins Haustor, flog die zwei Treppen empor, stand vor der Tür zur Wohnung der Frau Lämmlein. Er setzte das Läutwerk in Tätigkeit, niemand meldete sich. Frau Lämmlein hielt kein Dienstmädchen. Ein Blick nach links und rechts, dann klirrte leise der Nachschlüssel und Dengern konnte die Wohnung betreten und sorgfältig hinter sich abschließen, begab sich direkt in das ihm schon flüchtig bekannte Zimmer des Fräulein Lotte Fröhlich, um es erst nach einer guten Viertelstunde zu verlassen. Unter dem Arm trug er ein kleines Bündel.

Ein viertel vor acht Uhr. Dengern gab dem Chauffeur eine Adresse im Norden Berlins und Auftrag, so rasch als statthaft zu fahren. In zehn Minuten war er an Ort und Stelle, nach weiteren zehn Minuten hatte er den Trödelladen des Herrn Goldlust wieder verlassen, und in dem Augenblick, als der Vorhang sich hob, ließ sich der Kriminalkommissär Dengern behaglich lächelnd auf seinen rückwärtigen Logensitz nieder.

Das Spiel begann und hielt das verwöhnte, sensationslüsterne, snobistische, gehetzte Berliner Premierenpublikum durch drei lange Akte in Atem. Kein stimmungstötendes Räuspern, kein Husten, kein Zischeln wurde laut, in andachtsvoller Stille folgte die Menge der Handlung.

Drei Menschen. Eine junge Frau, ihr Gatte, ein verträumter Gelehrter, dann beider Freund, ein Mann von Welt, Kultur und Temperament. Untrennbar diese Dreieinheit, voll Harmonie und echtester Freundschaft. Kein frivoler Betrug, kein grinsender Zynismus, sondern Ergänzung, Naturnotwendigkeit, mitleidvolle Liebe des Freundes zum Gatten. Dieser erfährt, daß der Freund der Geliebte seiner Frau ist. Schreit nicht nach Rache, spricht nicht von Betrug, anerkennt das Recht auch der Frau auf sich selbst, respektiert Elementares, resigniert und will weder die Frau noch den Freund verlieren. Die Idylle zu dritt, keusch und rein, solange kein Vierter von ihr weiß, würde fortdauern, wenn nicht eben dieser Vierte wäre. Die Menschen umher beginnen zu tuscheln und zu zischeln, gemeine Witze fliegen auf, es kommen anonyme Briefe, ein Winkelblatt schwelgt in Andeutungen. Die Schmutzflut braust über das Heim des Gelehrten, er, die Frau, der Freund beginnen ihr Dasein im Zerrspiegel der Umwelt zu sehen, der Gatte tötet sich, um den zwei anderen das Leben zu ermöglichen. Aber die Zweisamkeit ist nicht mehr, was die

Dreisamkeit war, das Gespenst des Toten teilt das Brautbett, Bitterkeit und Vorwürfe schleichen sich ein, bis die beiden zermürbt, verzagt, gebrochen, angeekelt auseinandergehen.

Die edle Sprache, der meisterhafte Aufbau, die Kühnheit des Problems brachten dem Drama einen ungeheuren, widerspruchslosen Erfolg. Schon nach dem ersten Akt dröhnten Beifallssalven, nach dem zweiten schwieg das Publikum in tiefer Ergriffenheit, um dann in einen Sturm der Begeisterung auszubrechen, und nach Schluß tobte es so lange, bis Direktor Hohlbaum die Bühne betrat und eine Ansprache hielt:

"Der unglückliche Autor kann der Krönung seines Lebenswerkes nicht beiwohnen. Hinter Gefangnismauern büßt er entsetzliche Verbrechen, die wir, da wir sein Drama kennen, weniger als je zuvor verstehen können. Eine seltsame, tragische Vereinigung von Genie und Irrsinn erlebt die erschütterte Menschheit und wir können nichts tun, als die irdische und himmlische Gerechtigkeit anflehen, auf daß Thomas Hartwig, dessen Name aus der deutschen Literatur nicht mehr schwinden wird, in einer Heilstätte genesen und dem Leben wiedergegeben werde."

Verwirrt, unsicher, verlegen klatschte das Publikum dem Direktor Beifall. Es hätte gar zu gerne "Hoch Hartwig!" gerufen, aber das ging denn doch nicht. Ein Mensch, der fünf Frauen ermordet hat — — —!

Die Kritiker rasten in ihre Redaktionen und schrieben Feuilletons, in denen die Bedeutung des Stückes restlos anerkannt wurde. Man hatte schließlich nicht immer so gute Gelegenheit, genau so zu schreiben, wie man empfand. Bei lebenden Autoren gab es allerlei Rücksichten, Bedenken, persönliche Angelegenheiten, über die man nicht ganz hinwegkam. Aber Hartwig war tot oder doch so gut wie tot — — —

Joachim von Dengern begab sich aber sofort, nachdem der Vorhang zum letztenmal gefallen, zu der Garderobe, die zu den Sitzen des Fräuleins Fröhlich und der Frau Lammlein gehörte, drängte sich dann an Lotte heran und flüsterte ihr rasch einige Worte ins Ohr, die das Mädchen veranlaßten, sich von Frau Lämmlein zu verabschieden und mit Dengern ein Weinrestaurant zu besuchen, in dem sie bis nach Mitternacht zusammen blieben.

Die Bombe platzt!

Der Verhandlungsbeginn war wieder auf zehn Uhr festgesetzt, aber schon eine Stunde vorher umstand eine unübersehbare Menschenmenge das Gerichtsgebäude. Konnte man schon nicht in den Saal hinein, so wollte man doch durch die ein und aus gehenden Berichterstatter und durch Gerichtsdiener, die Zigarren nicht unzugänglich waren, allemal erfahren, was vor sich ging. Ganz Berlin fieberte ja in Aufregung, es gab keinen anderen Gesprächsstoff, sogar in den Schulen wirkte die Spannung unter den Schülern und Lehrern störend auf den Unterricht.

Würde Hartwig ein glattes Geständnis ablegen? Vielleicht sogar ein Geständnis von mehr Morden, als ihm nachgewiesen worden waren? Oder würde es zu einer ungeheuren Überraschung kommen, sich herausstellen, daß nicht Hartwig der Mörder ist, sondern ein anderer, den er retten will? Wüste Gerüchte begannen sich zu verbreiten. Hartwig hat in seiner Zelle Selbstmord begangen! Nein, er lebt, aber ist in Tobsucht verfallen! Plötzlich von Mund zu Mund: Der Reichskanzler kommt, um der Verhandlung beizuwohnen und den Mörder gleich nach dem Urteilsspruch zu begnadigen!

Die Automobile und Droschken rollten mit den glücklichen Besitzern von Einlaßkarten vor. Und immer neue Persönlichkeiten kamen, die man nicht abweisen konnte, so daß hinter den Sitzreihen im Schwurgerichtssaal ein Stehparterre entstand. Hohe Generäle, bedeutende Parlamentarier, berühmte Dichter und Publizisten. Im letzten Augenblick, Punkt zehn Uhr, wurde wirklich gemeldet, daß der Reichskanzler in Gesellschaft des Reichstagspräsidenten erschienen sei. Für die beiden Herren wurden Stühle dicht neben die Bank des Angeklagten eingeschoben.

Nun betrat der Gerichtshof den Saal, sammelten sich die Geschwornen, wurde der Angeklagte hereingeführt. Alle waren blaß, übernächtig erregt. Hartwig, nicht weniger als der Präsident, der Staatsanwalt und sein Verteidiger. Sogar der Entenschnabel zitterte vor Aufregung am ganzen Leibe und ließ kein Auge vom Reichskanzler. Welche Ehre, welch ereignisreicher Tag für den Stammtisch!

In dem Augenblick, als der Präsident die Verhandlung für eröffnet erklärte, sprang Joachim von Dengern vor. Der Präsident gab ihm das Wort.

Joachim von Dengern stand starr und unbeweglich da, hielt die Augen halb geschlossen und begann mit lauter, aber eintöniger Stimme, als wurde es sich um Gleichgültiges und Selbstverständliches handeln:

"Ich habe gestern gesagt, daß ich noch einige wichtige Erhebungen vorhabe. Diese Erhebungen sind mir voll und ganz geglückt und ich bedauere nur, daß ich zu der abschließenden Erkenntnis, die ich jetzt besitze, nicht schon früher gekommen bin, weil ich dann dem hohen Gerichtshof und den Herren Geschwornen sowie den Zeugen diesen Prozeß hätte ersparen können."

Hört!-Hört!-Rufe, Unruhe, der Präsident schlägt auf den Tisch und bittet die Anwesenden, sich jeder Störung zu enthalten. Dengern aber fährt fort:

"Herr Präsident werden mir wohl gestatten, ein wenig ausführlich zu sein und in großen Zügen das Ergebnis meiner Nachforschungen, die ich seit Monaten unter stetem Zweifel und schweren Bedenken betrieben habe, zu rekapitulieren. Vorweg möchte ich nur betonen, daß wir alle leider von allem Anfang an von falschen Voraussetzungen ausgegangen sind. Die Polizei, der Untersuchungsrichter, die Staatsanwaltschaft und nun dieses Gericht haben die Überzeugung gehabt und haben sie zum Teile noch, daß fünf Frauen verschwunden sind, die von einem Unhold ermordet wurden. Dem ist aber nicht so.

In Wirklichkeit handelt es sich nicht um fünf Mädchen, sondern immer um ein und dasselbe, und dieses eine Mädchen ist gar nicht verschwunden, wurde nicht ermordet, sondern lebt und befindet sich in diesem Augenblick draußen auf dem Korridor, wo es seiner Vernehmung harrt."

Der Tumult, der nach diesen Worten ausbrach, läßt sich nicht schildern. Die Richter, die Geschwornen, die Zuhörer sprangen auf, ein wüstes Durcheinander entstand, Rufe wie "Unerhört!", "Der Kerl ist wahnsinnig geworden!" wurden laut, der Präsident mußte sich heiser schreien, um endlich die Ruhe und Ordnung halbwegs wieder herzustellen. Und nun richteten sich sämtliche Blicke Hartwig zu, der mit gekreuzten Armen und von Purpurröte übergossenem Gesicht dasaß und hilflos verlegen lächelte. Der Präsident: "Ich begreife die Erregung aller Anwesenden, muß aber nun denn doch um volle Ruhe bitten, da ich sonst gezwungen wäre, den Saal räumen zu lassen." Der Staatsanwalt hielt nicht länger an sich, er fühlte das dringende Bedürfnis, ebenfalls seinen Senf dazuzugeben, und sagte mit knarrender Stimme:

"Herr Kriminalkommissär, Ich muß Sie wohl nicht nachdrücklich daran erinnern, daß jedes Ihrer Worte unter Eid steht!"

"Nein, das müssen Sie nicht, Herr Staatsanwalt." Stille Heiterkeit flog durch den Raum. Dengern sprach weiter:

"Ich möchte jetzt feststellen, daß ich von dem Augenblick an, da mir die Polizei die Nachforschung nach dem vermutlichen Frauenmörder übertrug, von starken Bedenken gequält wurde. Gestatten Sie, daß ich zurückgreife. Fünf Berliner Vermieterinnen zeigten das Verschwinden ihrer Mieterinnen an. Die Namen der fünf sind von einer lächerlichen Häufigkeit. Namen, die in Berlin zu vielen Hunderten, im kleinsten deutschen Städtchen aber dutzendweise vorkommen. Gut, Zufall oder System des Mörders, sich Opfer mit solchen häufigen Namen auszusuchen. Wir ließen uns von den Frauen die verschwundenen Mädchen beschreiben. Es kam nicht viel dabei heraus. Braun, schwarz, rötlich, Zwicker — aber kein besonderes Merkmal. Vergebens wartete ich auf ein erlösendes Wort, auf eine greifbare Sonderheit, auf schielende Augen, ein Hinken, eine auffällige Nase, einen Mund, den man sich merkt. Die Größe, die Figur? fragten wir ungeduldig. Wieder farblose Antworten. Schlank, mittelschlank, das Fräulein Cohen sogar üppig. Alles schließlich Ansichtssache und veränderlich. Aber mittelgroß! Dieses Wort kam von jeder der fünf Vermieterinnen, jede war sich auch auf eindringliches Befragen darüber klar, daß die Verschwundene nicht besonders groß, nicht besonders klein, sondern mittelgroß gewesen sei.

Das gab mir zu denken, erweckte zuerst unklare, kaum die Schwelle des Bewußtseins erreichende Zweifel in mir. Ich stellte mich an einem der nächsten Tage an der Ecke der Linden- und der Friedrichstraße auf und ließ eine volle Stunde hindurch die Menschen an mir vorbeigehen. Teilte immer je fünf vorbeieilende Frauen in eine Gruppe ein und kam zu folgendem Resultat: Hundert Fünfergruppen zogen an mir vorbei und nicht ein einziges Mal kam es vor, daß jede Gruppe aus mittelgroßen Frauen bestanden hätte. Immer mindestens eine Frau war sehr groß oder sehr klein. Immerhin — ich zerstreute gewaltsam meine Bedenken, ließ die Zweifel nicht aufkommen, gab dem Zufall, dieser bequemsten aller Ausreden, schuld.

Noch etwas hatte mich stutzig gemacht. Die eine der Frauen betonte, daß ihre Mieterin auffallend kleine Füße gehabt habe, so kleine, daß das Dienstmädchen seine Verwunderung über die Kleinheit der Schuhe aussprach. Während dieser Erklärung lagen die zurückgebliebenen Gegenstände der Verschwundenen vor uns. Ich durchforschte rasch die Sachen des Mädchens mit den kleinen Fußen und stieß auf zerrissene

Strümpfe Nummer zwei und auf elende, zertretene Halbschuhe, die mir sehr groß erschienen und nachher von einem Schuhmacher als Nummer einundvierzig erkannt wurden. Wie kam ein Mädchen mit auffallend kleinen Füßen zu solch auffallend großem Schuhwerk? Leider entwickelte ich meine Bedenken nicht logisch fort, sondern irrte ab und sagte mir: Diese Grete Möller ist ein armes Ding, das froh war, wenn ihm bei diesen teuren Zeiten einmal eine Dame ein Paar Schuhe schenkte. Heute sehe ich ein, daß die Schlußfolgerung leichtfertig und ein arger Verstoß gegen die Erkenntnis der weiblichen Mentalität war. Ich hätte mir sagen müssen, daß ein Mädchen mit kleinen Füßen eher hungern wird, als plumpe, große Schuhe tragen."

Vereinzeltes Lachen unterbrach die Totenstille. Der Reichskanzler aber murmelte in tiefem Baß dem Reichstagspräsidenten zu: "Der reinste Sherlock Holmes."

Dengern sprach ruhig weiter.

"Und noch etwas: Der trostlose Zustand der hinterlassenen Kleidungsstücke aller Verschwundenen war ein unantastbarer Beweis für ihre Armut. Und doch hatte jede für längere Zeit die Miete vorausbezahlt. Auch das war auffällig und erweckte ein unbehagliches, unsicheres Gefühl in mir. Da ich aber um jeden

Preis an einen Frauenmörder glauben wollte, unterdrückte ich dieses wie jedes andere Bedenken und begann nach einer Fährte zu suchen. Was weiter geschah, habe ich bei meiner gestrigen Vernehmung ausführlich geschildert. Mit unerhörter Ungeschicklichkeit lief mir der, Mann in die Arme, der die Heiratsannonce unter der Chiffre "Jdylle an der Havel" aufgegeben hatte. Mit einer Unvorsichtigkeit, die mir wieder verdächtig erschien. Aber Beweis reihte sich an Beweis, alles stimmte und klappte, das Material war erdrückend, so sehr, daß es jeden Zweifel in mir erstickte. Auf dem Umweg über eine junge Dame, Redaktionssekretärin des "Herold", machte ich die Bekanntschaft des Thomas Hartwig. Diese junge Dame, Fräulein Lotte Fröhlich, wurde von mir in den Fall Hartwig nicht verwickelt. Einerseits, weil ich dies Hartwig bei seiner Verhaftung versprochen, andererseits, weil ich sie für absolut unbeteiligt an den Verbrechen Hartwigs gehalten hatte. Tatsachlich würde sich nicht das geringste geändert haben, wenn ich sie als Zeugin vorgeführt hätte.

Nachdem ich mit Thomas Hartwig eingehend unter falscher Flagge gesprochen und ihn dann verhaftet hatte, waren mir die Motive seines entsetzlichen Handelns ziemlich klar. Ein sentimentaler Mensch, Schwärmer, romantisch veranlagt.

Solche Leute sind leicht geneigt, das Unwahrscheinlichste zu tun, Heldentaten ebensogut wie Verbrechen. Sie lassen sich kreuzigen, aber sie sind auch fähig, Bomben zu werfen. Das Besondere an Hartwig aber: Er weiß, daß er ein großer Könner, ein genialer Dichter ist, und sieht dabei keine Möglichkeit, den Wall von Hindernissen, die sich ihm entgegenstellen, zu übersteigen. Sein Buch wird nicht gelesen, sein Stück nicht aufgeführt, er hat kein Geld, oft nicht satt zu essen, ist schwächlich, fühlt, daß er das elende Leben nicht lange ertragen kann, wird von dem Gedanken geschreckt, das Erbteil seiner Mutter, Lungentuberkulose, könnte auch ihn erfassen, wenn er nicht in die Lage kommt, sich kräftig zu nähren, gut zu leben. Dazu kommt noch sein Verhältnis zu Lotte Fröhlich, einem schönen, alle Sinne reizenden, klugen Geschöpf, das er ebenso liebt wie es ihn. Er wird immer verzagter, aber auch seine Entschlossenheit wächst, durch eine Gewalttat seine Lage zu verbessern, so daß er ausharren, seinen Roman und das Drama durchsetzen Lotte heiraten kann. Und da er, wie er mir ja auch im Gespräch sagte, seinen eigenen Wert hoch über den anderer Menschen stellte, war er schließlich zu jedem Verbrechen bereit.

Zu jedem, aber zu welchem Verbrechen? Einen Raubmord begehen — das ist leicht gesagt, aber schwer getan! Zu jedem erträgnisreichen Verbrechen gehören Genossen, Vorschule, besondere verbrecherische Eigenschaften. Nichts von dem hat Hartwig. Und er mag lange genug gegrübelt und nachgedacht haben, bis er auf die entsetzliche Idee kam, sich die leichtesten Opfer, heiratstolle, alleinstehende Mädchen auszusuchen."

Eine Atempause, in der sich auch die Erregung der Zuhörer Luft machte. Wohinaus wollte dieser unheimliche Dengern? War nun Hartwig der Mörder oder nicht? Fragend sah der Reichskanzler den Präsidenten an, dieser zuckte die Achseln. Hartwig aber war jetzt ganz blaß und hielt den Kopf so gebeugt, daß man sein Gesicht nicht sah. Dengern sprach weiter.

"Trotz dieser logischen Kette packten mich immer wieder neue Zweifel, schrie immer wieder eine innere Stimme mir zu: Thomas Hartwig ist kein Mörder! Schlimme Tage und schlaflose Nächte kamen für mich, ich begann tastende Versuche nach anderen Richtungen zu machen, forschte abermals auf eigene Faust nach Spuren der Verschwundenen — alles vergebens, alles wies auf Hartwig hin, der nicht sprechen wollte, nicht leugnete und nicht gestand.

Eines Tages kam ich dem Rätsel gewaltig näher, nur daß ich leider die Lösung mißverstand. Ich schlich mich in das Zimmer, das Fräulein Lotte bewohnt, hatte aber wenig mehr als drei oder vier Minuten Gelegenheit, mich in ihm allein aufzuhalten. Es fiel mir nichts Besonderes auf: fast instinktiv griff ich nach Büchern, die auf einem kleinen Ständer lagen und bekam zufällig einen alten französischen Roman in die Hand, den, wie ich aus dem Exlibris ersah, Hartwig seiner Geliebten geborgt haben mochte. Ich schlug ohne Zweck und Ziel das Buch auf, stieß an eine Stelle, die mit Bleifeder angestrichen und an der Seite mit einem Ausrufungszeichen versehen war. Blitzschnell las ich den Satz. Er lautete:

'Damals war ich so weit, daß ich einen Mord hätte begehen können, nur um aus dem Dunkel emporzusteigen.'

An der Seite aber stand neben dem Ausrufungszeichen mit Bleifeder geschrieben: 'Vielleicht eine Lösung auch für uns!'

Nun aber muß ich mich selbst sträflichen Leichtsinnes beschuldigen. Es wäre meine Pflicht gewesen, das Buch einzustecken und auf seinen Inhalt sowohl als auf die Autorschaft der Randbemerkung zu untersuchen. Ich tat dies nicht, weil ich keinen Grund zu haben glaubte, Lotte Fröhlich hereinzuziehen und die Bemerkung, die ich ohne weiteres

Hartwig zuschob, nur als kleines Glied in meiner Beweiskette einschätzte. Vielleicht daß er durch dieses Buch auf die Idee, Frauen zu ermorden, gekommen war. Aber wie belanglos wäre dies schließlich der nüchternen Justiz gegenüber gewesen!

Die Untersuchung gegen Hartwig ging ihrem Ende entgegen, die Staatsanwaltschaft erhob die Anklage, der Prozeßtermin wurde festgesetzt. Mir war während dieser ganzen Zeit recht übel zumute, und je öfters mir der Herr Staatsanwalt versicherte, daß das Beweismaterial gegen Hartwig erdrückend sei, desto schwerer wurden meine Bedenken. Immer sah ich die blauen, gütigen Knabenaugen Hartwigs auf mich gerichtet, die mir zu sagen schienen: Du Narr, du, glaubst du wirklich, daß ein Mensch wie ich die Fähigkeit hat, armselige Frauen, die ihm kein Leid getan, zu erwürgen, in den Fluß zu werfen, zu vergraben? Wo bleibt deine Menschenkenntnis? Sagst du dir nicht, daß ein Mann wie ich vielleicht einem Impuls folgend ein großes Verbrechen begehen kann, nicht aber fünf überlegte Morde hintereinander?

Einen Tag vor dem Beginn des Prozesses war ich so weit, daß ich aus dem Polizeidienst austreten und öffentlich meine Überzeugung von der Unschuld Hartwigs erklären wollte. In dieser Stimmung begab ich mich hieher, ließ mir nochmals die

Briefe der Verschwundenen geben, um sie Buchstaben auf Buchstaben zu prüfen. Es fiel mir wieder nichts an ihnen auf und gegen meine Überzeugung brachte ich sie einem bekannten Graphologen, der auch vor Gericht oft als Sachverständiger erscheint. Ich halte von Graphologie nicht so viel wie die meisten meiner Berufsgenossen, bin überzeugt davon, daß in zahllosen Fällen die Art der Handschrift viel mehr von dem Schreiblehrer beeinflußt ist als vom Charakter, und weiß, daß mancher Justizirrtum auf graphologische Urteile zurückzuführen ist. Auch Professor Hennes, der Graphologe, den ich aufsuchte, konnte mir nichts Wesentliches sagen. 'Es sind die manierierten, affektierten Schriftzüge von Frauen, die sorgfältig schreiben, um auch mit ihrer Schrift einen guten Eindruck zu erwecken,' sagte Professor Hennes. 'Würde es sich um Tagebuchblätter, die nicht für eine zweite Person bestimmt sind, handeln, so ließe sich allerlei herauslesen. Immerhin — etwas fällt mir auf: In allen fünf Briefen liegt der Schlußpunkt nach jedem Satz nicht so tief, wie er sollte, sondern um etwa einen Millimeter zu hoch. Aber das ist nicht so selten und gestattet keine weitgehenden Schlüsse.'

So der Graphologe. Mir aber kamen allerlei seltsame Gedanken, ich ahnte neue Möglichkeiten. Die fünf Briefe waren vom dritten Juni datiert, dem Tag, an dem die Anzeige im 'Generalanzeiger' erschienen war. Die Poststempel hatte ich kaum beachtet, da sie überaus verwaschen und undeutlich waren. Allerdings hatte ich aus drei der Poststempel ersehen, daß die Briefe von dem Postamt Berlin SW 8 behandelt und abgestempelt worden waren, was aber schließlich ganz bedeutungslos ist. Nunmehr aber, durch die Worte des Graphologen auf eine neue Möglichkeit gebracht, nahm ich bei mir zu Hause ein Vergrößerungsglas zur Hand und konnte feststellen, daß alle fünf Briefe Berlin SW 8 aufgegeben waren. Bei drei Briefen konnte ich auch den Datumstempel 3. VI. entziffern, also dritter Juni. Bei den restlichen zwei Briefen war der Datumstempel so undeutlich, daß ich keine genaue Feststellung machen konnte. Je länger ich aber durch mein Vergrößerungsglas auf die blassen, kaum angedeuteten Zeichen sah, desto stärker wurde in mir die Überzeugung, daß es auf diesen zwei Briefen nicht 3. VI., sondern 2. VI. hieß.

Fiebernd vor Erregung, fuhr ich zur Postdirektion, um dort die Stempel untersuchen zu lassen. Die Postdirektion hat für solche Zwecke außerordentlich feine, scharfe Vergrößerungsapparate und andere Vorrichtungen. Herr Oberpostrat Wüllner nahm sich der Sache an und untersuchte die Briefumschläge bei scharfer Beleuchtung unter dem Vergrößerungsapparat. Um ihn nicht zu beeinflussen, hatte ich ihm nicht gesagt, um was es sich handle. Nach wenigen Minuten teilte er mir mit, daß die beiden strittigen Briefe ganz zweifellos am zweiten Juni innerhalb des Postdistriktes SW 8 aufgegeben worden seien. Mich ergriff ein Schwindel, ich mußte mich an einen Stuhl anhalten, um nicht zu taumeln. Bat, mich selbst überzeugen zu dürfen, und sah alsbald im grellen Licht und unter dreißigfacher Vergrößerung deutlich und klar die durch den Stempelaufdruck hervorgerufene Trübung und Vertiefung im Papier der Marke, deren Konturen einen 2. VI. darstellten.

Es war also absolut jedem Zweifel entzogen, daß zwei der fünf Briefe am zweiten Juni, am Tage vor dem Erscheinen der Annonce, aufgegeben worden waren!"

Dengern stieß diese Worte laut hervor, seine Ruhe schien ihn verlassen zu haben, und das Publikum war nicht mehr zu halten, brüllte auf, schrie, gestikulierte. Minuten vergingen, bevor Joachim von Dengern weitersprechen konnte.

"Was bedeutete es, daß zwei der Verschwundenen die Annonce hatten beantworten können, bevor sie erschienen war? Einfach, daß sie im vollen Einverständnis mit dem angeblichen Mörder handelten, daß sie späterhin verschwinden wollten, daß die Briefe gefunden werden sollten und Hartwig als mutmaßlicher Mörder verhaftet werden mußte! Mit einem Schlag, blitzartig, im Bruchteil einer Sekunde stand nun alles weitere in mir fest:

Nicht um einen fünffachen Mord handelte es sich, sondern um eine fünffache Komödie, zu dem Zweck gespielt, Thomas Hartwig aus dem Dunkel emporzureißen, ihn zum Mittelpunkt einer ungeheuren Sensation zu machen, die logischerweise bewirken mußte, daß sein Roman gelesen, sein Drama aufgeführt werde! Und nun verstand ich es, warum sich niemand von den Angehörigen der angeblichen Müller, Möller, Jensen, Pfeiffer und Cohen melden wollte, warum Hartwig weder gestand noch leugnete, warum er die Erstaufführung seines Dramas mit dem Prozeß zusammenfallen ließ, warum das Mädchen mit den kleinen Füßen große Schuhe zurückließ, warum alle fünf mittelgroß waren. Diese fünf waren eben ein und dieselbe Person und diese eine Person konnte niemand anderer sein als die Braut und Geliebte Hartwigs, Fräulein Lotte Fröhlich."

Dengern wischte sich den Schweiß von der Stirn, ließ die Aufregung verebben, bevor er weitersprach.

"Es wäre nun vielleicht meine Pflicht gewesen, alles dies der Staatsanwaltschaft mitzuteilen und den Prozeß zu verhindern. Da ich aber meine Pflicht nicht mechanisch auffasse, tat ich dies nicht, sondern wartete die Entwicklung des ersten Prozeßtages ab, weil dadurch die Affäre viel rascher zum Abschluß kommen konnte als durch eine Wiederaufnahme der Untersuchung und Vertagung des Prozesses. Und außerdem wollte ich mir nun auch die exakten Beweise für das, was ich wußte, verschaffen. Dazu benützte ich den gestrigen Abend. Mit Recht nahm ich an, daß Fräulein Fröhlich mit ihrer Wirtin der Erstaufführung des Dramas im Kleist-Theater beiwohnen würde. Kaum hatten sie sich vom Hause entfernt, als ich in die Wohnung eindrang und das Zimmer der jungen Dame gründlich untersuchte. Das ging rascher, als ich gehofft. In einem Schubfach fand ich braune, rötliche, tiefschwarze Chignons, einen Zwicker mit Fensterglas und Geflechte aus Fischbein und Stoff, die ersichtlicherweise einen üppigen Busen vortäuschen sollten, wie ihn die angebliche Selma Cohen gehabt hatte. Zwischen den Löschblättern der Schreibunterlage auf dem Schreibtisch aber lag eine ausgeschnittene Anzeige, in der der Trödler Goldlust in der Chausseestraße seinen Vorrat an Frauenkleidung, Wäsche, Schuhen und so weiter anpries.

Ich steckte noch ein vorgefundenes Lichtbild des Fräuleins Fröhlich ein, sowie das französische Buch und fuhr zu dem Trödler. Auch hier klappte alles. Der Trödler erkannte nach dem Bilde sofort die auffallend schöne, junge Dame, die vor etlichen Monaten wahllos die schäbigsten alten Sachen sowie etliche alte, defekte Handkoffer und Taschen bei ihm gekauft und sich alles nach ihrer Wohnung am Lützow-Ufer hatte bringen lassen. In seinen Büchern fand er auch ohne weiters den Namen und die Adresse des Fräuleins Lotte Fröhlich.

Ich wohnte der Premiere im Kleist-Theater bei, überzeugte mich in den Pausen, daß die Randbemerkung in dem französischen Roman nicht die Handschrift Hartwigs, sondern die einer Frau sei und sagte nach Schluß der Vorstellung Fräulein Fröhlich auf den Kopf zu, daß sie mit den verschwundenen Mädchen identisch und die Mitspielerin bei einer beispiellosen Komödie sei. Fräulein Fröhlich lachte hell auf, versuchte gar nicht zu leugnen, folgte mir in ein Weinrestaurant und erzählte mir dort frisch und frei die ganze Geschichte. Die junge Dame befindet sich im Gerichtsgebäude und wird ihre Aussagen vor dem hohen Gerichtshof wiederholen. Und auch Herr Hartwig wird ja nun wohl sprechen und es mir nicht übel nehmen, wenn ich ihm mit den Enthüllungen, die er machen wollte, zuvorgekommen bin!"

Aus dem Dunkel empor!

Dengern verneigte sich, trat zurück. Und nun erhob sich ein Sturm, wie ihn das Gerichtsgebäude in Moabit noch nie erlebt hatte. Dröhnendes Gelächter, Schluchzen, Rufe der Entrüstung wurden laut, Leute klatschten Beifall gegen Hartwig zu, andere zischten. Der Staatsanwalt schrie das Wort "Blasphemie" unaufhörlich vor sich hin, der Präsident brüllte "Ruhe!", der Verteidiger stand bleich und fassungslos da und zitterte am ganzen Leib, die Berichterstatter drängten rücksichtslos zur Tür, um die Fernsprecher zu stürmen. Und schon hatte irgendwie die Menschenmasse auf der Straße etwas von den Vorgängen erfahren und auch draußen wogte und brauste es wie am Meeresstrand.

Endlich war die Ruhe soweit hergestellt, daß sich der Präsident Gehör schaffen und dem Staatsanwalt das Wort erteilen konnte. Der stand mit geballten Fäusten da, Speichelflocken auf den Lippen und wollte losdonnern. Aber nein, was war das? Saß da nicht der Reichskanzler und krümmte sich vor Lachen? Jawohl, der Reichskanzler prustete und lachte, daß ihm das Wasser aus den Augen lief, und hörte nicht auf zu lachen, war eben im Begriff, das Taschentuch in den Mund zu pressen, um seine Lachsalven weniger laut zu gestalten.

Blitzschnell verschoben sich die Begriffe und Empfindungen im Gehirn des Staatsanwaltes. War die Sache nicht eigentlich mehr komisch als empörend, wenn sie derart die Heiterkeit des ersten Beamten im Staate erregte? Und würde er sich nicht blamieren, wenn er, statt halbwegs gute Miene zum grotesken Spiel zu machen, seiner Entrüstung Ausdruck geben wollte? Die Überlegung dauerte nicht eine ganze Sekunde, dann sprach der Staatsanwalt gelassen und kühl:

"Wir haben hier Ungeheuerliches erlebt und müssen vorläufig dem Herrn Kriminalkommissär von Dengern für seine lichtvollen Ausführungen danken. Bevor ich aber aus diesen Ausführungen die notwendigen Konsequenzen ziehe, beantrage ich, das anwesende Fräulein Lotte Fröhlich hereinzurufen und als Zeugin zu vernehmen, ferner in der Zwischenzeit den Trödler Goldlust vorzuladen und auch die bereits vernommenen Zeuginnen, die Fräulein Fröhlich als ihre

Mieterin identifizieren sollen. Nachher bitte ich, nochmals den Angeklagten zu befragen."

Der Präsident gab den Anträgen Folge und gleich darauf betrat, von tausend Augen durchbohrt, Lotte Fröhlich den Saal.

Sofort hatte die sieghafte Schönheit, die mädchenhafte Anmut der Zeugin alle Herzen erobert. Der Reichskanzler, über dessen Gesicht es noch immer zuckte, klemmte sein Monokel ein und betrachtete ersichtlich wohlgefällig das Mädchen, worauf Präsident und Staatsanwalt mit ihr sehr höflich waren.

Lotte Fröhlich erklärte sich bereit, zusammenhängend zu erzählen. Was sie berichtete, bestätigte die Aussagen Dengerns vollinhaltlich. Seit Jahr und Tag hatte sie beobachtet, wie ihr heimlich Verlobter immer mehr verbittert und mutlos wurde. "Ich sah voraus, daß er eines Tages alle seine Hoffnungen begraben, den Glauben an sich selbst verlieren und ganz in der Tagesjournalistik untergehen würde. Ich wußte, daß er oft bittere Not litt, sich das Abendessen versagte, um mir ein paar Blumen schenken zu können, und nachts Adressen schrieb, um wenigstens etwas zu verdienen. Dabei durfte ich ihm nicht helfen, auch wenn ich es hätte tun können. Denn Hartwig ist stolz und empfindlich und mehr als einmal erklärte er es als Vergehen zu empfinden, daß er mein Leben an seine

Hoffnungslosigkeit knüpfe. In solcher Stimmung las ich ein französisches Buch, das Hartwig mir geborgt hatte. Einen Roman, in dem unter anderem auch ein Maler vorkommt, den die Welt nicht beachten will. Später, zu Ruhm gelangt, erzählt er von seinen Kämpfen und sagt:

'Damals war ich so weit, daß ich hätte einen Mord begehen können, nur um aus dem Dunkel emporzusteigen.'

Diese Worte faszinierten mich und ließen mich nicht mehr los. Ich strich die Stelle an, machte eine Randbemerkung und erzählte davon Thomas. Er lachte und sagte: "Also eine moderne Herostratestat, aber nicht um durch die Tat berühmt zu werden, sondern um durch sie schon vorhandene Werke berühmt zu machen.' Ich aber drängte von da an in vollem Ernst, daß Thomas irgendetwas scheinbar ganz Ungeheuerliches tun müsse, um die Aufmerksamkeit auf sich zu lenken. Eben hatte sich in Paris der Landru-Prozeß abgespielt und meine vagen Ideen nahmen immer festere Formen an. Hartwig war mit seiner spielerischen Phantasie leicht gewonnen und nach und nach heckten wir einen Plan in allen Details aus, um Frauenmorde vorzutäuschen, die zur Verhaftung Hartwigs führen mußten. Als wir endlich einig waren, behob ich mein kleines Vermögen und machte mich so rasch an die Arbeit, daß Hartwig gar nicht mehr überlegen konnte. Hartwig verfaßte die vielversprechende Annonce und ich schrieb in verschiedener Handschrift fünf Antworten. Mein Feuereifer war aber zu groß, ich beging den Unsinn, zwei Briefe noch am Tage vor dem Erscheinen der Annonce aufzugeben. Wären nicht zufälligerweise gerade diese zwei Stempel sehr undeutlich gewesen, so hätte das unser Spiel allzurasch beenden können.

Im Laufe des Juli veränderte ich mich dann mit Hilfe von Chignons und anderen Sachen — "falscher Busen", brummte es und Heiterkeit entstand — veränderte ich mich fünfmal, mietete mich fünfmal unter falschem Namen ein, erzählte immer von meinem Bräutigam und seinem Haus an der Havel. Alles andere ist bekannt. Unser Hauptbestreben war darauf gerichtet, die Spuren nur soweit zu verwischen, daß man Hartwig doch würde verhaften können, und das ist uns ja auch gelungen. Warum Hartwig nicht schon am ersten Verhandlungstag die Sache aufgeklärt hat, weiß ich nicht, da ich, seitdem er in Untersuchung war, keine Fühlung mit ihm hatte."

Fräulein Fröhlich zog den Handschuh von der feinen, schlanken Hand, beeidete ihre Aussagen und das Publikum schwamm in Wonne und Behagen. Der Reichskanzler spitzte die Lippen, lachte wieder aus vollem Halse und strich sich, angenehm erregt, durch die buschigen weißen Haare. Demgemäß begnügte sich der Staatsanwalt mit der feierlichen Erklärung:

"Wenn ich auch zugeben muß, daß Fräulein Fröhlich aus durchaus nicht unedlen Motiven gehandelt hat, so liegt doch hier zweifellos das Vergehen des groben Unfuges und der fünffachen Falschmeldung vor. Ich werde in diesem Sinne Anträge an das zuständige Gericht stellen müssen."

Lotte schien nicht sonderlich geängstigt zu sein, und als wieder aus dem Hintergrund eine tiefe Baßstimme ausrief: "Die Geldstrafe zahl' ick!" dröhnte ein heiteres Lachen durch den Saal. Der Präsident unterließ jede Rüge, weil es schließlich nicht anging, den Reichskanzler zurechtzuweisen.

Die fünf Frauen, der Portier Zimmermann, der Trödler Goldlust stellten ohne langes Überlegen die Identität der Zeugin mit der Müller, der Möller, der Jensen, Pfeiffer und Cohen fest. Die Wirtin der üppigen Selma Cohen schlug allerdings vor Verwunderung die Hände zusammen und rief unter schallender Heiterkeit aus:

"Nu, aber abgemagert ist das Fräulein ordentlich! Damals hatte sie einen solchen Busen gehabt." Und machte eine kreisende Bewegung mit den Armen.

Der Trödler Goldlust erkannte ohne weiteres die Käuferin wieder, und nun endlich wurde unter allgemeiner Spannung Thomas Hartwig vorgerufen.

Verlegen lächelnd, errötend wie ein Schuljunge, bestätigt er die Angaben Dengerns und seiner Braut.

"Die Sache verlief nicht so einfach, wie ich geglaubt. Ich hatte angenommen, daß schon die Personsbeschreibungen, die die vermietenden Damen von mir gaben, genügen würden, um mich ausfindig zu machen, sah mich aber darin enttäuscht. Schon wollte ich durch eine anonyme Selbstanzeige den Verdacht gegen mich lenken, als meine Braut die von der Polizei aufgegebene Annonce im 'Generalanzeiger' entdeckte! Ich war sofort überzeugt, daß es sich um eine Falle handelte, ging aber natürlich gerne in sie ein. Auch als sich der Herr Kriminalkommissär in der Rolle eines Bewunderers mir näherte, faßte ich Verdacht. Aber Herr von Dengern spielte diese Rolle so gut, daß ich wieder irre wurde. Die fünf Briefe hatte ich natürlich absichtlich in die Schublade zu den vielen anderen gelegt, damit Beweise gegen mich gefunden würden.

Nun möchte ich aber mein Vorgehen auch moralisch rechtfertigen. Ich bin mir vollauf bewußt, eine ganz außerordentliche Frivolität begangen zu haben, ja sogar eine Gemeinheit, in dem ich die Öffentlichkeit durch Wochen in Erregung hielt und der Justiz, diesem hohen und wertvollen Faktor jedes Staates, unnütze, aufreibende Arbeit machte. Aber Herr von Dengern hat ganz richtig gesagt, daß ich den Wert meiner Persönlichkeit, besser gesagt meines Schaffens, hoch genug veranschlagte, um mich über vieles hinwegzusetzen. Meine Herren, die groteske, phantastische Idee, die meine Braut und ich ausgeheckt hatten, sollte mir die Möglichkeit bieten, meine Werke zur Geltung zu bringen und dann mit neuer Kraft weiterzuarbeiten. Würde die Nachwelt einem der großen deutschen Denker und Dichter es übelnehmen, wenn er auf ähnlichem Wege wie ich sein Ziel erreicht hätte? Sicher nicht! Ich, der ich an mich glaube und gewiß bin, noch Großes schaffen zu können, sah den Weg vor mir mit Hindernissen verbarrikadiert, die ich nicht übersteigen konnte. Es ist leicht gesagt: Das Genie bricht sich Bahn! Man kennt eben nur das Genie, das sich Bahn gebrochen hat, nicht aber die vielen, die unterwegs liegen geblieben sind als Opfer oft lächerlicher Widerwärtigkeiten. Hätte ich geduldig weitergearbeitet, so würde mein Roman wahrscheinlich demnächst nur als Käsepapier zur Geltung gekommen sein und mein Drama wäre bei Herrn Direktor Hohlbaum so lange im Schrank liegen geblieben, bis es die Mäuse zernagt hätten. Ich wollte und konnte aber nicht warten und lieber ließ ich mich durch einen frivolen Schelmenstreich ans Tageslicht zerren, als in aller Bescheidenheit im Dunkel zu verkümmern."

Tiefe Stille folgte diesen Worten, erst nach Augenblicken wurden vereinzelte Bravorufe laut. Der Reichskanzler nickte bedächtig und warf Thomas Hartwig einen langen Blick voll Teilnahme zu. Der Präsident stellte eine Frage:

"Nun sagen Sie mir, Herr Hartwig, warum Sie diesem immerhin durchaus nicht einwandfreien Spiel nicht schon gestern ein Ende bereitet haben?"

Hartwig lächelte.

"Herr Präsident, aus einem sehr menschlichen Gefühl heraus. Ich hatte einfach Angst vor der Kritik! Wäre gestern die Seifenblase geplatzt, so hätte dies das Schicksal meines Dramas wesentlich beeinflussen können. Nicht daß ich an dem guten Willen und der Ehrlichkeit der Kritiker zweifeln will! Aber es ist immerhin etwas anderes, über das Stück eines Menschen zu urteilen, der die Aufführung seines Dramas durch eine Verzweiflungstat erzwingt und morgen schon mitten im Berliner Leben auftauchen wird, als über das Drama eines Mannes, der sozusagen nicht mehr unter den Lebenden weilt. Ich wollte abwarten, bis die Herren Kritiker ihr Urteil gefällt haben würden, deshalb war ich entschlossen, erst heute zu reden."

Der Präsident blickte fragend den Staatsanwalt an, worauf sich dieser erhob:

"Hoher Gerichtshof, meine Herren Geschwornen! Da an der Tatsache, daß ein Verbrechen überhaupt nicht vorliegt, nach den Beweisen des heutigen Tages nicht gezweifelt werden kann, trete ich hiemit von der gegen Thomas Hartwig erhobenen Anklage zurück und beantrage, den Angeklagten auf freien Fuß zu setzen. Im übrigen behalte ich mir vor, auch gegen ihn die Anklage wegen groben Unfuges und Verleitung zur Falschmeldung zu erheben."

Damit war die große Berliner Sensation beendet, und als eine Viertelstunde später Thomas Hartwig an der Seite Lotte Fröhlichs das Gerichtsgebäude verließ, brauste ihnen heller Jubel, vermischt mit ulkigen Ausrufen entgegen. Nur mühsam konnten sie sich durch die Menschenmassen einen Weg bahnen, um das herbeigerufene Auto zu besteigen. Es war aber Joachim von Dengern, der ihnen den Wagenschlag öffnete, die Hände schüttelte, um dann kurz und trocken zu sagen:

"Auf die Gefahr hin, daß Sie mich verraten und damit meiner Karriere schaden, möchte ich Ihnen versichern, daß ich schon damals, als ich Ihnen vom Postamt aus auf dem Fuße folgte, meine Bedenken gehabt hatte. Sie habe ich nie für einen Mörder, Ihre Braut aber immer für ein höchst schlaues Persönchen gehalten. Und das Spiel gefiel mir so gut, daß ich es zu Ende gespielt sehen wollte!"